W. HAU, A. JANSEN (HRSG.)

roMANNzen

MÄNNER ZWISCHEN TRAUM UND WIRKLICHKEIT

AZ-VERLAG

ISBN 3-9800-2820-8

Gestaltung: Angela Jansen
Satz: az - Composersatz
Reproduktionen: Maro - Verlag, Augsburg
Druck: Offsetdruck Ginnheim, Frankfurt

Bildnachweis:
Heinz Diesel (S. 5, S. 68) Detlef Surrey (S.17, S.193) Heiner Blum (S. 27, S.175) L.S. (S. 41) Ralf Landmesser (S. 45) Kaspar Pfenninger (S. 53, S. 139, S.147, S. 149) Erich Rauschenbach (S.57) az - Archiv (S. 58, S. 165, S, 185) Peter Seidel (S. 65) Maina Miriam Munsky (S. 71, S. 87, S. 89) Wim v.d. Linden (S. 92) Willi Hau (S. 95, S. 183) Angela Jansen(S. 98/99, S. 183, S. 196) Päd extra Sozialarbeit (S. 109, S. 121) Stax Staguhn (S. 127, S. 135) Hans Weyermann (S.131) HSH Hannover (S. 167-170) Luggan/Meade (S. 171) Wolfgang Rügner (S.202) Angelika Rebholz (S.11)

Für die Titelcollage wurden Fotos von Ralph Gibson und Christian Coigny verwendet.

INHALT

INHALT

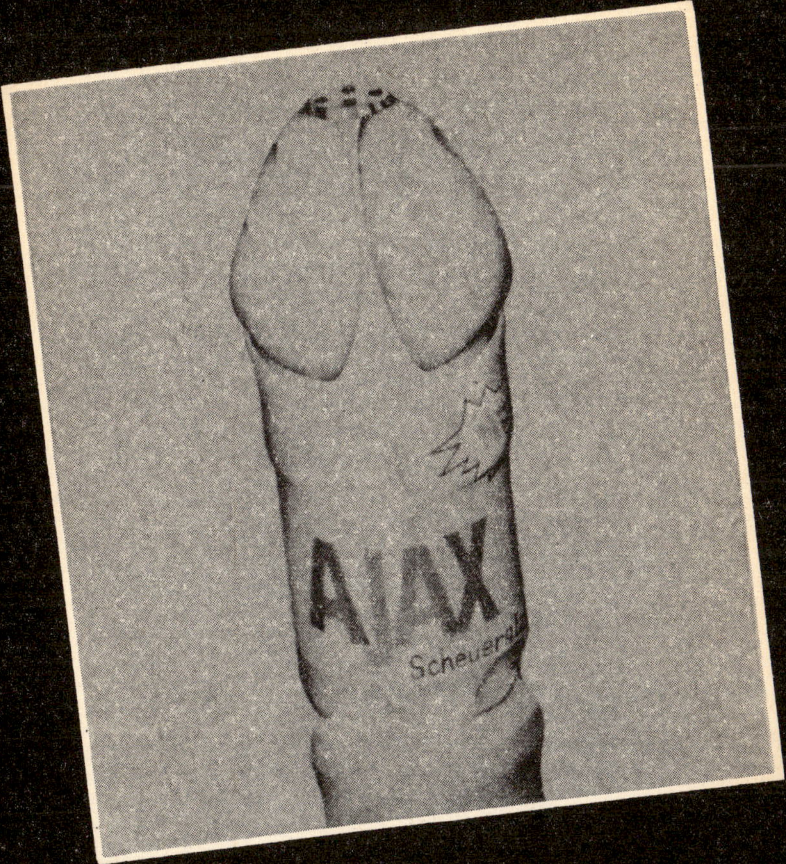

DER LETZTE ›MANN‹ – KONKURRENZ & ANDERE GESCHICHTEN

GEREIMTES

Ich weihe dir als Opfer
mich selber ganz und gar,
mein Leben, meine Träume,
mein Herz mit Haut und Haar.
'S g' schehe nur dein Wille,
weil ich ja keinen hab,
wie lieblich doch die Stille,
als wie in einem Grab —
p a p e r l a p a a b.

Thomas Kreis

AGRESSIONSGEDICHT

ich bring dich um
ich mach dich zur schnecke
ich polier dir die fresse
ich bring dich zur strecke
ich mach dich fertig
ich mach dich zur sau
ich schneid dir den schwanz ab
ich mach dich zur frau

Achim Krohn

AUS DEM LEBEN EINES SEXUALOPPORTUNISTEN

Vor einigen Jahren war ich ebenso heftig wie erfolglos eine Zeit lang hinter Sabine her gewesen. Es war der pure Chauvinismus. Sabine verfügte über zwei Attraktionen, die auf ein Kind, das über ein Jahr von seiner Mutter gestillt worden ist, unwiderstehlich wirken mußten.

Aber so ausschließlich hatte ich es auf ihren Leib vielleicht doch nicht abgesehen. Sabine verfügte auch über eine Rhetorik, die mich stark beeindruckte. Sie sprach in geschlossenen Sätzen und fand jedesmal zu dem Punkt zurück, von dem sie ausgegangen war. Daß sie - nach meinen Begriffen - vollkommen bescheuerte politische Positionen vertrat, störte mich nicht, im Gegenteil, Sätze wie "Ich glaube fest an den Marxismus-Leninismus" oder "Die Arbeiterklasse ist und bleibt das revolutionäre Subjekt der Geschichte" erhöhten nur ihren Unterhaltungswert für mich.

Es war ungeheuer schwer, sich mit ihr auch nur zu verabreden, ihr Terminkalender wird, sollte es jemals so weit kommen, im Revolutionsmuseum als Reliquie ausgestellt werden. Sie gehörte einer K-Gruppe an, arbeitete in der Gewerkschaft mit und hatte irgendeine Funktion im Betriebs- bzw. Personalrat des Senders, an dem sie als Sprecherin und Moderatorin arbeitete. Zeit hatte sie nur, wenn sie mal krank wurde oder - in Ausnahmefällen - nach Mitternacht und vor Beginn der Frühschicht.

Und so kam es, daß wir mal zu einer Zeit, da die Arbeiterklasse die Diktatur des Proletariats allenfalls als Alptraum erlebt, in einem piekfeinen Lokal auf einem Biedermeiersofa saßen und aneinander vorbeiredeten. Während ich in einem Artischockenherzensalat herumgabelte, löffelte Sabine ihre Zwiebelsuppe und versuchte, mich zu überzeugen, daß es "in der gegenwärtigen Phase der Klassenauseinandersetzungen" nicht zu verantworten wäre, linke Sachen öffentlich anzugreifen, sich "in der bürgerlichen Öffentlichkeit" über linke Gruppen und deren Aktivitäten lustig zu machen. Wenn ich schon nicht auf der "richtigen Seite" stehen und für ein revolutionäres Organ schreiben würde, dann sollte ich gar nicht schreiben oder höchstens übers Kochen und Backen, davon verstünd ich ja was, aber nicht von Politik. Ich wüßte gar nicht, "was für einen Riesenschaden" ich der linken Bewegung antun würde, indem ich ihr mit meiner Kritik und meinem Spott "in den Rücken" falle. Dies sei Wasser auf die Mühlen des Klassenfeinds, der Beifall von der falschen Seite sei mir gewiß. Sollte es — wovon sie freilich nicht ausgehen wolle — wider Erwarten doch nicht zu der Revolution kommen, so wird das vor allem an solchen Leuten wie mir liegen, die mit ihrem "kleinbürgerlichen Individualismus und unverantwortlichen Defätismus" das Geschäft der Reaktion besorgen — bewußt oder unbewußt, das wolle sie in meinem Falle dahingestellt sein lassen.

Und sie erzählte mir von einer Versammlung "mit spanischen Genossen", bei der ihr zum Schluß — als die Internationale gesungen wurde und sich alle um den Hals fielen — die Tränen kamen. "Ich mußte richtig heulen", sagte Sabine, "du hast noch nie so ein Gemeinschaftserlebnis gehabt, sonst wüßtest du, was proletarische Solidarität ist..."

Ich schaute mich um, sah den befrackten Ober, das stilvoll eingerichtete Lokal, das mehr nach einem bourgeoisen Salon als nach einem Restaurant aussah, guckte die anderen Gäste an und schaffte es, ernst zu bleiben. Ich wollte ja mit Sabine den Sonnenaufgang nicht auch noch auf dem Biedermeiersofa erleben. In einer solchen Situation wird wohl jeder Typ zum Sexualopportunisten, ich denke, daß ich da keine Ausnahme bin.

Bald darauf erfuhr ich von gemeinsamen Bekannten, daß Sabine geheiratet hatte, einen Genossen natürlich, der das Feld der proletarischen Solidarität als wissenschaftlicher Assistent auf der Universität bestellte. Um die bürgerliche Gesellschaft besser bekämpfen zu können, hatte er gerade seine Dissertation abgeschlossen. Es war eine Hochzeit ganz in weiß gewesen, mit Polterabend, Hochzeitsessen bei den Eltern und anschließender Hochzeitsreise nach Venedig.

Dann hörte ich ein Jahr lang nichts von oder über Sabine, bis ich eines Tages eine farbige Ansichtspostkarte bekam. Es war keine jener gewöhnlichen Postkarten, wie ich sie schon mal verschicke, mit der Loreley überm Rheintal oder dem Strandpavillon von Duhnen an der Nordsee, es war eine "Solidaritätspostkarte für die Einheitsgewerkschaft in Spanien", in Rot-Gelb-Violett, den "Farben der verbotenen Republikfahne". Auf der Rückseite stand der Spruch: "Unser Kind wird geboren mit geballter Faust", daneben hatte Sabine ein Polaroid-Foto geklebt - sie mit ihrem Säugling auf dem Arm. Das Kind hatte tatsächlich die Faust, zwei sogar, und hielt den Mund leicht geöffnet; ob es gerade die erste Strophe der Internationale zu singen versuchte, war auf dem Bild nicht zu erkennen. Dagegen war klar zu sehen, daß Sabine auf einem Schönheitswettbewerb für revolutionäre Wöchnerinnen bestimmt den ersten Preis gewonnen hätte. Ich hätt gern mit dem Säugling getauscht.

Etwa ein halbes Jahr nach diesem Lebenszeichen traf ich die junge Mutter in natura. Es war ein zufälliges Zusammentreffen auf dem Gang des Funkhauses in B., wo ich grad was zu tun hatte. "Broderchen", rief Sabine, "was machst du denn hier? " "Ich hab mich hier verlaufen", sagte ich, "eigentlich wollte ich ins Sarasani". - "Macht nichts", antwortete Sabine, "komm, wir gehen einen Tee zusammen trinken".

In der Cafeteria saßen wir uns ganz entspannt gegenüber. Sabine kramte geschäftig in ihrer großen Leinentasche, ich suchte nach einem originellen Gesprächsbeginn. "Wie geht es dir? " sagte ich schließlich. "Ach weißt du, wenn man erst ein Kind hat, sieht vieles ganz anders aus." Auf so einen Spruch war ich nicht vorbereitet, nicht von Sabine, die mir erklärt hatte, auch Linke müßten Kinder kriegen, "um die positive Auslese nicht den Rechten zu überlassen". Was doch so ein bißchen Babykacke ausmacht. "Das scheint mir die richtige Therapie für bürgerliche Revolutionäre zu sein", sagte ich, "ein Kind in die Welt setzen und schon verschwindet der

Freiheitskampf des Volkes von Zimbabwe hinter einem Berg von Windeln, gratuliere..." - "Nein, nein, nein", protestierte Sabine, "So ist es nicht, ich mach immer noch was, nur nicht mehr so viel, heute abend z. B. ist eine PLO-Kundgebung, gegen Rassismus, Aggression und Imperialismus..." - "Also gegen den Zionismus", faßte ich zusammen. "Genau, gegen den Zionismus, kommst du mit? " fragte Sabine und legte dabei ein Grinsen auf wie ein "Schlepper" auf der Großen Freiheit, der den Pfärrer von St. Pauli in eine Salambo-Fick-Schow zu locken versucht. "Nein, danke", sagte ich, "ich bin schon lange dafür, daß Yassir Arafat Ministerpräsident von Palästina wird und die paar Juden dorthin zurückgehen, wo sie hergekommen sind..." - "Darum geht es doch nicht", fuhr Sabine auf, "die PLO hat doch erklärt, daß sie einen demokratischen Staat will, in dem Juden, Moslems und Christen friedlich zusammenleben können..." - "So friedlich wie im Libanon, so friedlich wie im Irak oder so friedlich wie in Lybien? " fragte ich. "Du spinnst", sagte Sabine, "Palästina soll ein sozialistischer Staat werden." - "Das beruhigt mich zutiefst, aber vorher werden noch alle Juden rausgeschmissen, die nach 1917 eingewandert sind". - "Wo hast du das her? " fragte Sabine. "Das steht im Palästinensischen Nationalabkommen von 1968." - "Das glaub ich nicht", sagte Sabine. "Dann schau mal nach", empfahl ich ihr, "ich kann dir hier die Paragraphen nicht nennen, aber es steht darin, daß die Juden kein Volk sind und keinen Anspruch auf einen eigenen Staat haben und daß die Juden, die nach Beginn der zionistischen Aggression eingewandert sind, nach 1917 also, kein Recht haben, in Palästina zu leben." Sabine stutzte ein wenig. Sie zog einen Block und einen Bleistift aus ihrer großen Leinentasche und schrieb sich was auf. "Ich werde die palästinensischen Genossen danach heute abend fragen", sagte sie.

Am nächsten Tag fuhr ich nach Köln zurück. Ich machte, wie immer beim Fahren, das Radio an und hatte Sabine im Sender. Sie moderierte das Vormittagsprogramm, eine Mischung aus Musik, Nachrichten, Wetterbericht, Lebenshilfe, Einkaufstips und jenem Small-Talk, der unter Live-Moderatoren als besonders professionell gilt, weil er lässige Geschwätzigkeit mit absolut keinem Inhalt verbindet. Sabine moderierte also, und ich mußte mich alle paar Augenblicke mit der linken Hand ins Ohrläppchen pitschen: dieselbe Sabine, die

Zeichnung: Angelika Rebholz

alle meine Arbeiten danach beurteilte (und verurteilte), ob sie der revolutionären Entwicklung nutzen oder nicht, dieselbe Sabine, die ihre Umgebung in Genossen und sonstige einteilte, die jedes Buch, jeden Film, jedes Konzert (Jonny Cash: Scheiße - Die Schmetterlinge: toll) nach dem politischen Gebrauchswert maß, dieselbe Sabine, die ständig mit geballter Faust herumlief und der bürgerlichen Gesellschaft ihre Verachtung vor die Füße kotzte - sie war imstande und sie tat es auch: eine Sendung genauso zu moderieren, wie es auch ihre Kollegen taten, deren "falsches Bewußtsein" sie immerzu beklagte; jene Kollegen, die mit "Klassenkampf" im besten Falle die Spiele um den Aufstieg in die Bundesliga verbanden, die ihren weltpolitischen Horizont nicht wie Sabine mit Zimbabwe und Palästina absteckten, sondern mit Bangkok und Formentera.

Ich war tief beeindruckt. Ich hatte wieder mal einen deutschen Nachwuchsrevolutionär erlebt, der dem Klassenfeind den Pelz wusch, ohne sich dabei die Finger naß zu machen. Und ich stellte mir vor, was ich Sabine sagen werde, wenn ich sie das nächste Mal treffe. "Deine Moderationen gefallen mir", werde ich sagen, "man merkt ihnen wirklich nicht an, was für einen hohen Bewußtseinsstand du hast, du machst es wirklich sehr geschickt, wie du die Hörer agitierst und den Sender unterwanderst..."

"Erwartest du von mir, daß ich die Revolution ausrufe, morgens um zehn Uhr, im Programm von Radio...", wird Sabine antworten.

"Mitnichten", werde ich daraufhin sagen, "ich erwarte nur, daß du in deinen öffentlichen Auftritten und Äußerungen deinem hohen Bewußtseinsstand gerecht wirst, und ich wundere mich, wie du so was schaffst, daß du so was überhaupt kannst: übers Wetter plaudern, die Hausfrauen anmachen, daß sie Erdbeeren kaufen, Anekdötchen erzählen..."

"Das ist schließlich mein Job", wird Sabine sagen.

"Eben", werde ich antworten, "und die Revolution machst du nach Feierabend, die steht im Tarifvertrag nicht drin."

"Ich arbeite politisch, wo ich nur kann..."

"Du gehörst dazu, Sabine, du bist Teil des Systems, keine Stütze, nur eine Zierleiste..."

Sabine wird mich nicht verstehen und ich werde mich fragen, ob ich vielleicht deshalb auf ihr so herumhacke, weil wir damals noch lange auf dem Biedermeiersofa sitzengeblieben sind.

Henryk M. Broder

AN EINEN GELIEBTEN

du hast mir zugehört
hast meinen Rat gewollt
mir den deinen geschenkt
hast mich sehen gelehrt
was in Menschen passiert
hast mit mir Schränke
und Autos gebaut
hast für mein Kind oft Partei ergriffen
du hast meinen Körper erweckt
meine Sehnsucht gestillt.
Doch nie hast du mir erzählt
was dich quält an mir
was du willst mit mir
DASS du willst mit mir
hast mich auflaufen lassen
mir aufgelauert und zugeschaut
wie ich verletze ohne zu sehn
dich in Nachtragen geworfen
ohne zu sprechen
und als du dir meiner Liebe
sicherer wurdest
sie mit Füßen getreten
Stück für Stück/Rache vollzogen
was halfen die Jahre
die danach verstrichen
was willst du jetzt?

Silke

ALLER GUTEN DINGE SIND DREI?

Dies ist der 5. oder 6. Anlauf, diesen Artikel zu schreiben. Die Schwierigkeiten, die ich dabei habe, lassen sich vor allen aus zwei Blickwinkeln erklären. Es fällt mir sehr schwer, über etwas so Persönliches, Privates, mich ungeschützt vor einem anonymen Leser, auszubreiten. Zum anderen kann ich die Situation, über die ich schreiben will, sehr schwer in den Griff kriegen, sie verändert sich fortwährend. Vielleicht sieht alles schon wieder ganz anders aus, wenn dieses Buch gedruckt ist.

Die Beziehung, um die es mir hier geht, ist eine Dreiecksbeziehung. Hätte mir vor einem Jahr jemand gesagt, daß ich heute in so etwas drinsteckte, ich hätte ihn ausgelacht, hätte ihn für verrückt erklärt. Jetzt stecke ich mittendrin.

Als ich Ute kennenlernte, wußte ich noch nicht, was da alles auf mich zukam. Wir lernten uns durch unsere Zusammenarbeit in einem alternativen Projekt kennen. Langsam aber stetig entwickelte sich eine Beziehung, die über den normalen Gruppenrahmen hinausging, und ich merkte etwas von Georgs Existenz, den ich aus einer anderen Situation bereits kannte. Was sollte ich tun? Sollte ich mich wieder zurückziehen, meine Gefühle für Ute unterdrücken? Sollte ich mich mit der Gegebenheit "andere Beziehung" abfinden, meine Finger davon lassen? Das hatte ich ja in meinen vorherigen Beziehungen nur zu gut gelernt. Bevor Beziehungen entstanden habe ich aus Angst, sie würden nicht akzeptiert werden, meine Gefühle brav für mich behalten, in den Beziehungen und am Ende gab ich mich zu leicht und zu oft mit den Gegebenheiten zufrieden, ging Schwierigkeiten aus dem Weg, war immer voller Verständnis für die Probleme und Gefühle der anderen. Mich und meine Gefühle ließ ich draußen. Das wollte ich nicht länger mitmachen, wollte nicht flüchten, sondern standhalten, den Schwierigkeiten nicht aus dem Wege gehen. Ich machte also keinen Rückzieher. Die Beziehung entwickelte sich, wurde immer inniger, intimer und intensiver.

Jetzt stecken wir mitten in den Problemen. Ich habe eine sehr intensive Beziehung zu Ute, Georg ebenfalls.

Der Kontakt zwischen Georg und mir entwickelte sich zu Beginn unserer gemeinsamen Beziehung zu Ute ganz gut, wir frischten alte Drähte wieder auf. Je intensiver aber meine Beziehung zu Ute wurde, desto mehr merkten Georg und ich, daß wir zu dem geworden waren, was wir nicht werden wollten. Wir waren Rivalen, die sich allerdings nicht mehr Auge in Auge gegenüber standen. Nachdem wir zunächst unbefangen miteinander verkehrt waren, wurden die Situationen zu dritt immer gespannter, seit einem halben Jahr schließlich haben wir uns so gut wie garnicht mehr getroffen. Wir gehen uns aus dem Wege.

Bisher haben Ute und Georg im Rahmen einer Wohngemeinschaft zusammengewohnt. Dabei hat sich das ganz große Problem herauskristallisiert, daß Georg so, ob er es will oder nicht, eine Kontrolle über Ute hat. Er merkt, wann sie weg ist, wann sie zu mir geht, wann sie wiederkommt. Er muß es hautnah spüren, wenn sie die Nacht nicht in ihrem Bett verbringt. Dieses konkrete Erleben der anderen Beziehung, geht natürlich bei weitem mehr an die Nerven als das relativ abstrakte Wissen, es gibt noch einen anderen.

Zudem ist Georg in der schlechteren Position im Rahmen unserer Dreiecksbeziehung. Während ich im vollen Wissen um ihn in die Beziehung gegangen bin, mir klar darüber war, was da auf mich zukommt, bin ich für ihn ein Eindringling in eine Zweierbeziehung, der ihm Teile von Ute wegnimmt. Während ich also was dazugewonnen habe, ist es für ihn zumindest die Bedrohung eines Verlustes. Während ich mir sicher sein kann, daß Georg keine Bedrohung für mich ist, es gab ihn ja, als wir unsere Beziehung anfingen, empfindet mich Georg als Bedrohung. Davon ausgehend kann ich auch nicht sauer auf ihn sein, ich bin mir ziemlich sicher, daß ich an seiner Stelle ebenso reagieren würde.

Als Versuch, die sich aus der gemeinsamen Wohnsituation ergebenden Probleme zu lösen, sieht Ute nun ihren Schritt, aus der Wohngemeinschaft auszuziehen.

Ein wichtiges Problem, das diese Beziehung für mich beinhaltet, ist das der Zeit. Es gibt wenige Situationen, wo wir uns mal spontan treffen können, denn ich will Georg nicht in die Quere kommen, habe Angst, in seinen Bereich einzubrechen. So sehen Ute und ich uns 2 - 3 x die Woche, wobei die Zeiten immer festgelegt sind. Abgesehen davon, daß ich Ute "in der Höhle des Löwen" zu besuchen, Hemmungen hatte, ist das mit dem Besuchen aus diesem Grund ein Problem. Inwieweit sich das ändern wird, durch die neue Wohnsituation, kann ich noch nicht ganz einschätzen. Ich weiß nur, daß es schon oft Momente gab, wo ich mich danach sehnte, sie mal zu sehen, auch wenn wir es nicht vorher vereinbart hatten, ich davon aber Abstand genommen habe. Da Ute dieses Problem nicht zu haben braucht, ergibt sich daraus eine Ungleichheit, über deren Konsequenzen ich mir allerdings nicht klar bin.

Aufgrund der Begrenztheit unserer Zeit gibt es oft Situationen, in denen ich versuche, um Zeit zu feilschen, und unter den Druck komme, die Zeit, die ich mit Ute verbringe, möglichst ökonomisch zu nutzen. Auf die Dauer kann dieses Einteilen der Zeit ganz schön nerven. Auch freue ich mich auf den gemeinsamen Urlaub mit ihr, wo wir hoffentlich und endlich mal viel, viel Zeit für- und miteinander haben.

Aber dieser Urlaub ist auf der anderen Seite sicherlich wieder ein Problem für Georg, wie es sein Urlaub mit Ute in diesem Frühjahr für mich war. Damals habe ich zeitweise ganz schön durchgehangen, und mir sind die wildesten Phantasien durch den Kopf gegangen. Trotz all dieser gewiß nicht zu unterschätzenden Probleme, gibt mir aber die Beziehung zu Ute so viel, daß ich froh bin, keinen Rückzieher gemacht zu haben. In den vielen schönen Situationen, die wir miteinander haben, weiß ich wofür ich die Probleme auf mich nehme. Ich sehe auch keine sinnvolle Alternative zur gegenwärtigen Situation.

Grafik: Detlef Surrey

Wenn ich mit Freunden oder Bekannten darüber rede, reichen deren Meinungen meist von leicht skeptisch(”das hält höchstens ein halbes Jahr”) bis totale Ablehnung(”das geht nicht. Dabei geht mindestens einer von euch drauf”). Solche Äußerungen sind natürlich nicht gerade sehr ermutigend. Oft kommt auch eine Reaktion, die meint, wir wollten da ein sexualpolitisches Experiment starten, daß, wie die Erfahrungen aus der Zeit der Hippiebewegung und der Studentenrevolte zeigen, zum Scheitern verurteilt ist.

Aber wir sehen unsere Situation nicht als Experiment. Ich habe diese Dreiecksbeziehung nicht als Parole an mein Banner gesteckt, aber für mich führt im Moment kein Weg daran vorbei, der nicht Rückzug, Selbstverleugnung oder Unterdrückung eigener Bedürfnisse wäre. Wie können wir mit unserer Situation zurechtkommen? Heißen die schlechten Erfahrungen anderer, daß man auf diesem Gebiet überhaupt nichts machen kann?

Aber trotz Trauer, das Leben ging weiter

Jetzt ist es 9-10 Monate her, daß ich den ersten Teil des Artikels schrieb. Vieles hat sich seitdem verändert, die Grundsituation ist noch immer die gleiche. Wir sind noch immer zu dritt.

Nach dem Urlaub mit Ute im Sommer war ich einen Moment sehr gespalten. Der Urlaub war sehr schön. Ute und ich sind uns in diesen 3 1/2 Wochen sehr viel näher gekommen, als gedacht. Wir waren die ganze Zeit über so gut wie ununterbrochen zusammen, hatten viel Zeit für intensive Gespräche, für Zärtlichkeiten, und wir haben diese Zeit auch sehr intensiv ausgenutzt. Als wir zurückkehrten war unser Gefühl füreinander noch intensiver geworden, wir waren uns nahe, wie nie zuvor. Aber wir waren während dieser Wochen auch sanft aber sicher der Realität entflohen. Das, was sonst Normalität war - die Limitiertheit der Zeit, alle Probleme - hatten wir 3 Wochen lang ausgeblendet. Nach unserer Rückkehr waren sie von einem Tag zum anderen wieder da. Lange habe ich diesem Urlaub nachgetrauert. Auch heute noch halte ich ihn für den schönsten meines Lebens.

Aber trotz Trauer, das Leben ging weiter. Ute zog aus der WG mit Georg aus in eine andere WG hinein.

Dadurch änderte sich einiges. Meine Wohnung wurde nicht mehr unser Treffpunkt, sondern ihre WG. Heute ist sie so gut wie überhaupt nicht mehr bei mir, was für mich fast bedeutet, 2 Wohnsitze zu haben, und die damit verbundenen Probleme.Durch den Wegfall der direkten Kontrolle bei Georg, haben sich dort die Unerträglichkeiten etwas gelegt.

Auch Georg kommt jetzt anscheinend besser mit der Situation zurecht. Wie Wellen überfluten uns noch manchmal die Probleme aber es sind keine Sturmwellen mehr, zumindest im Moment, sondern sanftere. Wir haben uns ein wenig in den Problemen eingerichtet. Es ist so etwas wie ein Gleichgewicht entstanden.

Das Verhältnis von mir und Georg ist allerdings seitdem schlechter geworden. Wir haben untereinander nichts mehr miteinander zu tun. Wir gehen uns aus dem Weg, und wo das nicht möglich ist, ignorieren wir uns. Gesehen haben wir uns das letzte Mal bei der Geburtstagsfete von Ute. Dabei haben wir uns sehr überwinden müssen, dort aufzutauchen, trotz der Anwesenheit des anderen. Wir haben allerdings kein Wort miteinander gewechselt und sind uns auch sonst aus dem Wege gegangen. Obwohl wir uns so offensichtlich ignorierten, stellte sich aber hinterher heraus, das dies nur oberflächlich der Fall war. Wir dachten beide ständig daran, was der Rivale jetzt wohl macht, und auch daran, ob man vielleicht nicht doch versuchen sollte, miteinander ins Gespräch zu kommen. Doch es geschah nichts.

Nach nunmehr 1 1/4 Jahr Dreierbeziehung hat sich aber jetzt doch im großen und ganzen die Lage stabilisiert. Bei mir jedoch taucht von Zeit zu Zeit doch die Furcht auf, daß dieses Gleichgewicht durcheinandergeschüttelt wird. Ich fühle mich trotz allem in der Situation wohl, habe jedoch Angst vor einem 4., der womöglich alles durcheinander bringt. Ich weiß, daß das Problem im Moment nicht ansteht, daß ich es, falls es ansteht, nicht verhindern kann, dennoch die Furcht geht um. So kommt es zu der Widersprüchlichkeit, daß ich auf andere, die in unsere Dreierbeziehung einbrechen könnten, auch wenn es nur in meiner Einbildung geschieht, eifersüchtiger bin als auf Georg, der doch eine viel direktere Drohung für mich sein sollte. Aber in Bezug auf ihn habe ich ja jetzt auch über ein Jahr erfahren, daß er keine direkte Bedrohung für mich ist, daß ich mit Ute eine Beziehung habe, trotz seiner Existenz.

Wie sehr sich insgesamt unsere Beziehung gefestigt hat, habe ich im Herbst erfahren, als Ute und Georg für 2 Wochen in Urlaub fuhren. Diesmal war ich bei weitem weniger besorgt und hatte weniger Verlustängste als beim ersten Urlaub der beiden im Frühjahr.

Wie alles ausgehen wird, weiß ich heute nicht, ich weiß aber, daß es noch sehr lange weitergehen wird.
„But I don't really see, why can't we go on as three."
(Crosby, Stills, Nash & Young)

Achim Panther

DU

Du

wirst Marmelade mitbringen
obwohl ich gar keine mag
und einen Schlafanzug
und eine Zahnbürste
und viele Fotos von mir machen.
Am Montag reparierst Du
Dein Fahrrad
damit Du schneller bei mir bist.
Aber dann kannst Du auch schneller weg sein.
Was wird
dann aus Deinen Sachen
und meiner
Emanzipation?
(Mit der 's eh
nicht
weit
her
ist.)

Bernd Ankenbauer

ICH BIN SCHON ANDERS

Ich bin ja gar nicht mehr eifersüchtig
im großen und ganzen,
aber wenn du mir
von seinen Erfolgen erzählst,
und davon, daß du vielleicht ein Kind bekommst
von ihm,
dann spür ich wie mir die Wut
in die Kniekehlen steigt.

Ich geh ja jetzt viel mehr ein auf dich
im großen und ganzen,
aber wenn du
hysterisch lachst über Witze,
über die du mit mir nicht einmal diskutieren würdest,
wenn du wieder einmal so furchtbar freundlich bist zu allen,
dann tut es mir leid,
daß du nicht so bist wie ich
dich gern hätte.

Ich bin ja schon ganz anders
im großen und ganzen,
aber wenn ich gerade nicht
daran denke,
daß ich schon ganz anders bin,
dann sind zwanzig Jahre Erziehung
doch stärker
als ein Jahr Nachdenken darüber.

Gerald Jatzek

BIG JOE COOL... DREI ANMACHSZENEN

der kleine macker, den es fuchst, daß er kein großer ist, geht, wie schon hundert mal vorher, so gegen halb elf ins „aquarius". auf der vorletzten stufe stehend, zieht er nochmal tief an seiner zigarette. während er den rauch ausbläst, blickt er abschätzend in die runde. ab und zu huscht ein ausdruck über sein gesicht, irgendwas undefinierbares zwischen lächeln und grinsen, nämlich dann, wenn er jemanden sieht, den/die er kennt. na ja, das übliche begrüßungszeremoniell halt. bei schnecken ist es mehr lächeln, bei typen mehr grinsen. dann auf einmal stutzt er, denn er hat gerade die kleine gesehen, die er beim letzten uni-streik kennengelernt hat, mit der er mal ein paar worte gewechselt hat, mit der er im „tannenbaum" einen ganz guten abend verbracht hat, bis er dann besoffen nach hause getorkelt ist. er hatte (natürlich!) schon damals gemerkt, daß sie auf ihm steht.

er fand sie auch gut. schon damals. sie war zierlich, hatte eine gute figur, ein schönes gesicht, dunklen teint, zarte hände, na ja. aber damals war er ja noch mit einer anderen zusammen und das hatte ihm auch gereicht. er war glücklich mit der anderen, wollte keine komplikationen, sich nicht unnötig zwischen zwei stühle setzen, bzw. zwischen zwei betten legen.

heute aber ist das was anderes. die andere hatte ihm in den arsch getreten, er war solo — und das war gar nicht gut. weder für ihn noch für sein image. er schnickt die kippe weg und lächelt ihr zu. aber bevor er zu ihr hingeht, holt er sich erst mal ein bier, und dann, auf dem weg zur ihr, läßt er sich noch drei, viermal kurz aufhalten, von irgendwelchen leuten, mit denen er ein paar belanglose sätze wechselt, so das übliche „was geht ab?“ – gewäsch. vor allem: er geht langsam. er hat ja schließlich gesehen, wie sie sich freut, daß er da ist, das nutzt er natürlich aus – das muß, er stellt sich vor sie, genießt es kurz, wie sie zu ihm hochschaut, lächelt auf sie herab, setzt sich neben sie, streicht ihr kurz über die wange und sagt „na du?“ – big joe cool...

sie ist mit zwei so buben da, die auch er irgendwie von der uni her kennt. sind ganz okay, die jungs. sie unterhalten sich gerade über irgend so‘n film, den sie gesehen haben. das interessiert allerdings unseren herrn macker überhaupt nicht.

der macker ergötzt sich derweil an der sichtlichen nervosität der kleinen, die offensichtlich noch nicht so richtig die kurve kriegt, ihn wohl anzumachen. die buben stören dabei anscheinend. sie fühlt sich durch ihre anwesenheit eingeengt, will mit ihm allein reden, aber wie, wo, wann?

er genießt das. er bräuchte sie nur mal auf die seite zu nehmen, ihr zu sagen, er mag sie und so weiter. einfach mit ihr allein reden, sie fragen, ob sie nicht mit ihm kommen wollte, heute abend – sie würde es machen. aber nein . . . er tut so, als sei gar nichts, denn er liebt dieses spiel, vor allem, wenn er weiß, daß er nicht verlieren wird. er kann sich zeit lassen, bis der laden zu macht.

aber irgendwann scheint sie doch die kurve zu kriegen. sie sagt, daß sie sich nicht mehr länger unterhalten, daß sie abschalten will. sie steht auf und geht hinter zur tanz fläche, langsam, mit hängendem kopf, ohne sich umzudrehen.

der herr macker feiert dies mit einem gelungenen lächeln, dreht sich zu den buben um und erklärt ihnen feierlich, er werde jetzt mal zu ihr gehen. sich um sie kümmern. sie bräuchte das bestimmt. er steht auf, tritt die kippe aus und bahnt sich seinen weg durch die leute.

sie sitzt hinten im dunklen, auf ‘ner bank, schaut den anderen beim tanzen zu. er hockt sich vor sie, legt ihr die hände auf die schenkel, schaut ihr ins gesicht und fragt: „was haste‘n?“. sie legt ihren arm auf seine schulter, beugt sich zu ihm herab. ihr mund ist ganz nah an seinem ohr:

„ich würde dir unwahrscheinlich gerne 'n kuß geben."

„und warum redest du dann noch so viel?"

„ich weiß nicht."

sie ist unsicher. hat angst.

er nimmt ihren kopf, zieht ihn langsam zu sich herab, ihre lippen berühren sich, ihre münder öffnen sich, ihre zungen spielen miteinander . . .

er hat diesen kuß genossen wie kaum einen zuvor. wie sie ihre hände auf seinen rücken gepreßt hat, sich an ihn geklammert, wie sie nachher ihren kopf an seine brust gelegt hat, ihm mit ihren zarten fingern durch die haare gefahren ist . . .

dann unterhalten sie sich. über ihn natürlich. dabei macht er sich nach alter manier ein bißchen kleiner, als er sich selbst sieht, um sich dann von ihr größer machen zu lassen, als er wirklich ist. the same old game . . .

sie fragt ihn, ob er nicht lust hätte, mit zu ihr nach hause zu kommen. na klar, denkt er sich, darauf lief es ja schließlich hinaus. ja, sagt er, fänd er stark, würde er machen. noch ein kuß, quasi als siegel. sie lacht, freut sich, er auch.

der eine bube ist mit dem auto da und nimmt die beiden mit. am dornbusch steigen sie aus. sie stehen arm in arm da, als die anderen weiterfahren. sie winkt ihnen noch einmal nach. dann gehen sie erst mal zigaretten holen. danach spazieren sie genüßlich nach hause. im treppenhaus ist er sowieso leise, er kennt ja die geschichten mit den nachbarn, das hätte sie ihm eigentlich gar nicht zu erklären brauchen, ein routinier wie er . . .

während sie in der küche noch schnell einen tee kocht, schaut er sich ihren bücherschrank an. hesse! das mädel scheint schwer romatisch zu sein, na ja. sie kommt zurück ins zimmer, schenkt ein und setzt sich aufs bett. er setzt sich zu ihr und (linke, die sie sind!) unterhalten sie sich über beziehungsprobleme im allgemeinen und besonderen. „nur nicht zu eng dürfen sie sein," die beziehungen, darin sind sie sich einig, und „ehrlich muß es zugehen". das hat er alles schon hunderttausendmal gehört. alle sagen das.

irgendwann sagt er ihr, daß er am nächsten morgen früh raus muß, er möchte jetzt eigentlich schlafen gehen. wecker stellen nicht vergessen und blablabla . . . natürlich!

sie ziehen sich aus und kuscheln sich unter die decke.

. . . wie schon hundert mal vorher . . .

II

diesmal geht er ins „mackie messer". helle boots, verwaschene und geflickte jeans, weißes hemd — weit offen —, samtjackett — schwarz —, die zigarette „bogart-like" locker im mundwinkel, haare frisch gewaschen. so stolziert er die treppen runter, guckt sich kurz um, wirft achtlos die zigarette weg, und geht zur „tussi" hinter der theke.

„hi, babs!"

„hallo, wini!"

küßchen.

„gibste mir 'n bier?"

„klar doch."

alles klar. jetzt hat er wenigstens was, woran er sich festhalten kann, wenn er nachher seine runde durch den laden dreht, um sich die „ware frau" anzuschauen, zu begutachten. er nimmt einen ersten schluck und bemerkt seine kumpels auf der bank, gegenüber der bar.

meinste, du kommst heut noch ma rüber?!"

„bin ja schon unterwegs, mann."

„wo kommste'n her, mann?"

„von zu haus, mann."

„schwach."

„und ihr?"

„aquarius."

„was geht denn da ab heut?"

„ei ja, nix. wie immer halt."

„schneckenmäßig?"

„vergiß es."

„na ja. hab ich wohl nix versäumt."

„nee. echt net."

„und hier?"

„ei, guck doch selber, mann!"

„genau."

das macht er dann auch. über die tanzfläche, auch mal auf die ecktische gucken (obwohl da meist so straighte tanzschulenpuppen rumlungern), am klavier vorbei, die anderen tische und dann nochmal die theke lang. bis jetzt noch nix besonderes. also zurück zu den jungs und erstmal beim bier bleiben. man(n) unterhält sich über die uni, streik, politik,raf, mescalero — artikel und endet im frust, weil man es nicht schafft, die praktikable alternative auszubaldowern.

nach ner halben stunde geht mal ein anderer los, um die weiblichen neuzugänge abzuchecken. aber auch der kommt achselzuckend zurück.

„is ja auch noch ziemlich früh."

„hmm. erst dreiviertel eins."

die herren wissen anscheinend nicht so recht, was in solch einer situation zu tun ist. also schweigen sie allesamt und hören mal 'ne runde musik.

„hey, steve, bringste ma noch 'n bier?"

„mir auch."

„mach drei."

steve nickt. und rast weiter geschäftig durch die menge. er ist so zeimlich der einzige, der wirklich weiß, warum er an dem abend da ist. nämlich zum geldverdienen. die anderen hängen rum, reden über dies und das. manchmal kommt auch was gescheites dabei raus. trinken gehen, ab und zu mal tanzen, und drehen natürlich ihre runden, um frauenmäßig auf dem laufenden zu bleiben. sie machen ihre jokes darüber, daß die kleine mit den blonden locken nun schon zum dritten mal innerhalb einer stunde auf den pott geht und dabei partout ihre augen nicht von dem kurzhaarigen an der theke nimmt.

„statt daß sie ihn gleich richtig anmacht."

„soll ihn doch einfach anquatschen."

„na ja, schnecken."

„da hört nämlich bei denen die emanzipation auf. die arbeit machen immer nur wir."

"na ja, was solls? is doch eh scheißegal."

"guck mal wieder rum."

so zieht unser held denn wieder los. und siehe da! am klavier steht sie. blonde haare bis knapp über die schulter, jeans, jeansjacke turnschuhe, nicht zu schlank, gerade richtig, so ungefähr 1,65 m. in der einen hand ne zigarette, in der anderen ein bier. so steht sie da und beobachtet das muntere treiben auf der tanzfläche. unser macker ist noch schwer am überlegen, wie er es wohl anfangen soll, da fängt was anderes an, nämlich „night moves". da muß das mädel wohl noch 5 minuten warten. er quält sich auf die tanzfläche. ziemlich in die mitte, möglichst direkt unter 'ne box, damit es auch wirklich laut ist, und fängt an zu tanzen. mit geschlossenen augen mit extra für dieses lied abgeschaltetem gehirn

Foto:
Heiner Blum

shaket er sich einen ab, so gut es geht. als das nächste lied anfängt, wird ihm doch bewußt, daß es eigentlich verdammt eng ist. jetzt stören ihn die fremden füße auf den eigenen, die köpfe an seiner schulter, die ellbogen in den rippen und im magen. außerdem ist da ja schließlich auch noch die tussi am klavier! er schaut in ihre richtung, und als sich ihre augen treffen, lächelt er gequält, abgekämpft und geht auf sie zu. sie hat sein lächeln erwidert, ein gutes zeichen. sie weiß genau, daß er zu ihr will. ihre augen bleiben an ihm kleben, als er sich durch das getümmel um die disco quält. als er vor ihr steht, lacht sie ihn an.

„'n bißchen eng da hinten, ha?“

„hmm. ganz schönes scheißspiel. aber wenn de früher kommst, wo's leerer is, dann spielen die hier nur so scheißmusi, wo ich kein bock hab, zu zu tanzen.“

„hört sich an, als ob du öfter hier wärst.“

„hmm. so ziemlich jedes wochenende.“

„ich bin erst das dritte mal hier.“

„was machste'n sonst so?“

„na ja, zu hause halt. bin aus aschaffenburg.“

„ach, du scheiße.“

so unterhalten sie sich darüber, daß ja eigentlich alles scheiße ist, aber das schlimmste wäre halt, daß die alternative fehlt. sie bieten sich zigaretten an, bestellen noch zwei bier, und unser macker flucht so heimlich und still in sich hinein, daß alle tische voll besetzt sind. wenn sie sich setzen könnten, wäre alles noch viel einfacher. sie unterhalten sich über musik, gruppen, konzerte . . . „warste bei den eagles?“ – „nee, wie war's denn?“ – „oh. saustark. der blanke wahnsinn.“ – „toll.“ und sie lächelt ganz verklärt. als der disjockey auch noch „hotel california“ abfährt, ist das spiel praktisch gelaufen. „siehste. damit ham die den gig auch angefangen,“ sagt unser held und legt ihr den arm, den freien, den ohne bierglas, um die hüfte. „irre.“ sagt sie und legt eine hand auf seine schulter. er stellt sein bier weg, streichelt ihr haar, und zieht ihren kopf zu sich. sie umarmen sich, küssen sich, sehen sich glücklich in die augen.

doch nach ein paar minuten schiebt sie ihn sanft von sich.

„wart mal 'n moment. ich muß mal meine schwester fragen, wann wir fahren.“

„was?“

doch da ist sie schon weg. jetzt wird's haarig. sollte die ganze action umsonst gewesen sein?

sie scheint ganz zufrieden mit der entscheidung ihrer schwester, denn als sie zurückkommt, zwinkert sie ihm zu.

„die will bis zum schluß bleiben.“

„tapfer.“

so so, bis um 4 also. das reicht ihm aber eigentlich nicht.

„hm. nach aschaffenburg. ja, meinst du wirklich, daß du heut schon fahren mußt. ich mein, es reicht doch, wenn du morgen mittag fährst. ist doch eh sonntag.“

„ich weiß nicht.“ kommt es zögernd über ihre lippen.

„ach doch. ich glaub schon.“ und noch richtig flehend der zusatz:

„ich bring dich auch zum bahnhof.“

„ehrlich?„

„klar.“

„hmm. lust hätte ich schon.“

puh, gerade noch mal geschafft. glück gehabt, alter junge.

sie unterhalten sich noch über arbeit und studium, bis das „mackie“ dichtmacht. einer seiner kumpels taucht auf und fragt:

„wie schaut's aus? fahren wir?“

„okay. kannste sie noch mitnehmen?“

„wohin?“

„zu mir.“

„okay. komm.“

„ich sag nur noch schnell meiner schwester bescheid.“

„hmm.“

während sie ihre schwester sucht, schauen sich die macker-kollegen wissend an.

„hab kein glück gehabt heute.“

„morgen ist auch noch'n tag.“

„eben.“

bei ihm oben angekommen, gehen sie erst mal in die küche. sie trinken noch 'nen kaffee und unterhalten sich über die vor- und nachteile von wohngemeinschaften. als das gespräch verebbt, muß er plötzlich gähnen.

„müde?“

„hmm. gehen wir rüber?“

„okay.“

das grüne licht in seinem zimmer scheint ihr zu gefallen.

„hey, is ja toll.“

„tja. wenn man im showgeschäft bleiben will, muß man sowas schon bringen.“

den spruch scheint sie schon zu kennen. sie bringt nur ein müdes „ha, ha, ha“ hervor.

„bäh.“

in dem gefühl, noch etwas schönes vor sich zu haben, geben sie sich noch einen langen kuß. dann streicht er ihr eine strähne aus dem gesicht und flüstert:

„du bist unwahrscheinlich süß.“

„und du bist 'n echt lieber typ.“

„komm." sagt er und nickt in richtung bett.
sie nickt.
die beiden beginnen sich auszuziehen, und nachdem sie nochmal auf dem klo war, kuscheln sie sich unter die decke.
. . . wie schon hundert mal vorher . . .

III

sie sind schon mehr im wochenende als in der uni. sie lachen und schneiden grimassen, freuen sich auf büchsenbier und bob seger's nächste lp. sie werden dabei ständig von einer kleinen langhaarigen im fellmantel beobachtet. was aber anscheinend nur unserem titelhelden auffällt.

nach einem weiteren blick hat er beschlossen, daß sie eigentlich recht gut aussieht, damit sein berühmtes „gewinnendes lächeln" verdient hat.

hey, die lächelt ja zurück! da sagt er:
„ich geb ja zu, daß wir ganz schön crazy sind."
„ach, ich find's ganz gut, lustig zu sein."
„gehste mit einen trinken? "
„wohin?"
„ins streikcafe inner gräfstraße."
sie legt den kopf schief, scheint schwer zu überlegen.
„hmm, ja. ist gut."

dann geben sie erst mal so die übliche studentische selbstbeschreibung: fachrichtung, semester und perspektivlosigkeit. im streikcafe flözen sie sich auf 'ne matratze, greifen sich ein bier und diskutieren über die möglichkeiten, das hochschulrahmengesetz vom tisch zu kriegen. aber da geht auch schon die plenumsdiskussion los. die läuft genauso im kreis rum wie immer. aus genau den gleichen gründen, die auch die vv's immer so unerträglich machen.

jetzt fuchst es unseren macker, daß sie nicht gleich in die kneipe gegangen sind. da hätte er sich wenigstens in aller ruhe mit ihr allein beschäftigen können. aber hier muß er wieder der alten leier der politprofis zuhören. die sind aber zum glück gerade heute nicht so gut in form, und um 7 ist die diskussion zu ende – ohne ergebnis.

„was meinste'n, gehen wir noch mal ins „do" auf'n bier und 'n hamburger?"

„hmm. aber ich muß erstmal zu hause anrufen, daß ich später komme."

„kannste ja von dort aus machen."
und so packen sie zusammen und spazieren los. sie hat gerade trouble in ihrer wohngemeinschaft. heute abend wollten sie eigentlich mal darüber reden, sie hat ein schlechtes gewissen, weil sie sich irgendwie der diskussion entzieht. aber am flipper ist schon so manches problem – zwar nicht gelöst, aber immerhin – verdrängt worden. so auch heute abend. die musikbox tut ein übriges.
eine von ihr besonders gut gespielte kugel gibt ihm endlich gelegenheit, sie mal so richtig in den arm zu nehmen.
„stark, mädel."
und gibt ihr einen kuß auf die nasenspitze.
„danke, großer meister."
und gibt ihm einen kuß auf den mund.
mit jeder weiteren kugel werden die berührungen länger und intensiver, bis sie dann irgendwann in einem zungenkuß gipfeln.
„kommste nachher noch 'ne runde mit zu mir? die anderen von vorhin wollen auch noch mal kommen, so um 10 oder so."
„oh, mensch, ich wollte doch nach hause. die anderen sind bestimmt schon ganz schön sauer, daß ich nicht da bin."
„ruf doch an. die werden wohl auch mal ohne dich auskommen."
„ei ja. mehr lust hätte ich schon, mal abzuspannen und mit zu dir zu gehen, aber ich kann mich doch nicht einfach so um die diskussion drücken. ich muß dahin."
„machst du immer nur, was du mußt, oder machst du auch manchmal, was dir spaß macht?"
„ach ja, ich weiß. und . . . irgendwie isses ja ohnehin schon 'n bißchen spät. um 8 sollte ich dort sein."
„das wird eh nix mehr."
„aber ich muß wenigstens anrufen."
„na ja, das is klar, kannste von unseren nachbarn aus machen."
„okay. mann, das gibt bestimmt 'n riesenärger."
„ach, die sollen sich nicht so haben."
„das sagst du. und überhaupt: eigentlich haben sie ja auch recht. ich drück mich ja regelrecht."
„ach, du darfst das alles net so eng sehen."
und da lacht sie auch schon wieder:

„du hast 'ne art, einen zu überzeugen!"
„so bin ich."
„na gut, gehen wir zu dir."
da fällt unserem herrn macker ein riesenstein vom herzen. wer weiß, ob er die alte nochmal zu gesicht gekriegt hätte, wenn sie jetzt nach hause gefahren wär.

aber so fahren sie zu ihm nach hause und verbringen dort mit seinen wohnungsgenossen und ein paar bekannten noch einen recht lustigen abend, der seinen höhepunkt im gemeinsamen fernsehen findet. „tatort" ist angesagt. sie legen sich auf die couch. im gegensatz zu den anderen, die sich irgendwo ins zimmer flözen, folgen sie dem tv nur halbherzig, ziehen es vor, sich mit sich selbst zu beschäftigen.

und während die anderen der aufklärung irgendwelcher heimtückischer meuchelmorde entgegenfiebern, stellt er zufrieden fest, daß sie eine wahnsinnig weiche haut hat, und weiche lippen auch. er fühlt sich von kuß zu kuß glücklicher.

... als der krimi zu ende ist und alle anderen schon „gute nacht " gesagt haben, schauen sich die beiden immer noch verliebt an, und er streicht ihr über die haare und meint:
„komm, laß uns rübergehen."
„oh ja."
... wie schon hundert mal vorher ...

anstatt eines nachworts

so. nun haben wir drei „anmachszenen". eine aus 'nem laden, von dem man sagt, es wär' 'ne „flippi-kneipe", die irgendwie noch das image von der „schüler- und studentensub- und drogenkultur" hat. eine aus 'ner disco, die als „der anmach-schuppen par excellance" verschrien ist; und eine aus der uni, wo ja nun angeblich die elite der nation rumlungert. die — ich rede hier nur von den linken, bei den anderen kenne ich mich nicht aus — schon ewig dabei ist, neue formen der kommunikation auszuklüngeln. alle drei sind sich verdammt ähnlich. daß die ergebnisse jeweils verschieden sind, d. h. daß ich mit der einen halt wirklich nur einmal gepennt habe, mit der anderen danach immerhin noch so ein loses freundschaftliches verhältnis hatte, bis wir uns so mehr oder weniger aus den augen verloren, und mit der dritten jetzt zusammen bin, hat eigentlich nichts mit der umgebung zu tun: denn keine der „schnecken“ bewegt sich ausschließlich in der „scene“, in der ich sie nun mal zufällig kennengelernt habe. der ort der handlung ist austauschbar.

genau darum geht es mir eigentlich auch. das kennenlernen an sich läuft überall nach dem gleichen schema ab. an dem einen ort unterhaltet ihr euch vor allem über drogen, an dem anderen über musik, und am dritten meinetwegen über politik. das heißt letztlich noch gar nix. denn wenn sich ein typ mit einer „tussi“ das erste mal unterhält, dann versuchen die beiden weder das problem des „ewigen stoned-seins“ zu lösen, noch sich gegenseitig den „richtigen“ musikgeschmack beizubringen, auch nicht die „wahre politische linie“. sie versuchen lediglich, sich als person für den partner interessant zu machen, den partner bei der stange zu halten, zeit zu schinden; man paßt lediglich den gesprächsstoff der scene an.

einschub

die gefahr, die ich für eine männerbewegung sehe: daß nämlich lediglich die anmachgesprächsthemen andere werden, aber nicht die art, wie die anmache – oder weniger „mackerhaft“ : das kennenlernen – abläuft. daß man(n) nämlich durch diesen touch des progressiven, des zur emanzipation bereiten so ungefähr: „ach, weißt du, mädchen, ich hab wahnsinnige schwierigkeiten mit meiner rolle und so, na ja, den starken mann spielen, macker machen, ich kann das gar nicht . . . “ – gleich wieder einen stein im brett hat bei der frau. daß das nämlich auch nur ’ne mackertour ist, die das anmachgespräch halt irgendwie am laufen hält. ich will damit nicht sagen, daß dieses gerede von den schwierigkeiten mit der rolle von vorne bis hinten erstunken und erlogen ist.

ein weiterer punkt, der mir für das verständnis des textes noch problematisch erscheint, ist die sprache, in der er abgefaßt ist. einigen wird die sprache nicht passen. sie werden sie vermutlich „frauenfeindlich“ nennen. das ist sie nicht. es ist lediglich meine alltagssprache, die – so glaube ich wenigstens – nichts weiter ist als der ausdruck meiner verachtung all denen gegenüber, die unehrlich sind. das sind halt sowohl männer als auch frauen, bzw. sowohl „typen“ als auch „schnecken“.

ich habe halt mal versucht, möglichst ehrlich zu sein, nicht irgendwelche bilder zu zeichnen nach meiner realität. wenn ich zum beispiel denke “die ALTE sieht GEIL aus!”, dann schreibe ich halt nicht “die FRAU sieht INTERESSANT aus!” wenn wir uns nämlich mit unserem verhalten beschäftigen, dann müssen wir dies ehrlich tun, und das muß sich dann eben auch in unsrer sprache ausdrücken (dürfen), ok? !

bevor ich es vergesse:
versteht das alles nicht falsch! es ging mir in keinem der drei beschriebenen „fälle“ darum, nur mal kurz ’ne frau für „einmal-vögeln“ aufzureißen. ich wollte schon ’ne beziehung. will ich eigentlich jedes mal, wenn ich ’ne frau anmache. daß es oft nicht klappt, daß daraus oft nur dieses „einmal-vögeln“ wird, liegt meiner meinung nach an den wahnsinnig hohen erwartungen, die wir aneinander stellen. ich meine das jetzt nicht sexuell, daß der partner einem nun gleich den „fick seines lebens“ hinlegt. vor allem erwarte ich auch von ‘ner frau, daß sie mit mir reden kann, und sich auch traut, mir zu sagen, was ihr nicht paßt und so. wahrscheinlich erwartet die frau von mir das gleiche. wenn wir beide das nicht bringen, wird es auch keine beziehung geben, einfach aus der angst heraus, sich ewig anschweigen zu müssen.

ich bin nun leider gottes mal ein typ, der nur so lange selbstbewußt ist, wie er von anderen bestätigt wird. und wenn das mal nicht der fall ist, dann komm ich ganz schön ins rotieren. wenn die alte mich dann noch mit ihren ansprüchen, fragen und vorwürfen überfährt, ich meine, wenn ich mich überfahren fühle, dann werde ich unheimlich bockig und aggressiv. das ist (gott sei dank!) bei der frau, mit der ich jetzt grad zusammen bin, nicht der fall. die drängt mich zu nix, die läßt mir zeit. die hat mich lieb trotz all meiner fehler, und die zeigt mir das auch. die findet sogar, daß ich viel zu hohe ansprüche an mich stelle.

das ist zum beispiel so ’n ding, was mich total durcheinander bringt: sie hat mir gegenüber den vorteil eines gerade zu furchtbaren intellekts. sie hat ein wahnsinniges problembewußtsein, kann abstrakt denken, kann vor allem ihre gedanken gleich in die passenden worte fassen. ich kann dann nur noch mit müh und not ihren gedanken und ausführungen folgen, weil ich wahrscheinlich einen großteil meines intellekts mal irgendwann versoffen habe. aber gerade diese, ihre fähigkeit, paßt ihr nicht in den kram. sie hat die angst, dadurch in die richtung zu gehen, aus allem gleich ein problem zu machen, auch wenn es eigentlich gar keines ist. das fand sie an mir so gut, daß ich hier so locker und leicht durch die gegend schlendere, so sunshine-eagles-mäßig:

we may lose, or we may win,
but we may never be here again,
so open up, i'm climbin' in,
and take it easy . . .

ist ja auch eigentlich ein verrücktes ding. ich bewundere ihr problembewußtsein, sie hätte gern meine „locker-und-leicht-haltung". na ja, vielleicht treffen wir uns in der mitte; wenn das klappt und wenn es gut ist, dann sag' ich euch garantiert bescheid, nur:

drückt mir — vielmehr: uns — die daumen.

zumindest ich hab es bitter nötig!

Wini Walter

ER IST TOLL

Er ist wahnsinn
Er ist toll
Er ist 1/2 toll
Er ist 1/4 toll
Er ist Scheiße

Brigitte Allhenn

ICH NEHME MIR EINE FRAU

ich esse einen pudding
ich miete mir eine wohnung
ich gehe zu einer nutte
I: dreissig mark
ich kaufe mir ein auto
schimpfe ueber die arbeit
mache eine kollegin besoffen
und schlafe gegen sie
mit ihr
ich muss kotzen
ich habe urlaub
ich heirate mir eine frau
ich esse einen pudding
ich schlage meine frau
ich will dass sich MEINE frau
schminkt
ich zeige sie meinen freunden
ich freue mich ueber ihren buestenhalter
ich schlafe mit ihr
gegen sie
und es macht MIR spass
und sie lernt von mir

maenner bringen ES den frauen bei
und sie sind doof wenn sie
keinen spass daran haben
frigide maennerfeindlich lesbisch
"wenn der dich nochmal angafft und du dich
noch freust, setzt es pruegel"
ich will dass sich meine frau nicht schminkt
ich kotze mal wieder
ich schlafe mit einer anderen
die ist so anders als meine frau
ich liebe sie
ich liebe alle frauen
denn
I: ich bin ein mann
und
habe meine rechte als mann von
der natur bekommen
und
ich liege auf der frau
verbiege sie
erdrücke sie
erpresse sie
ersticke sie
warum hat sie keinen spass an mir?
sie muss noch lernen
oder ich such' mir eine andere aus
freie auswahl
die habe ich
loch ist loch
ich esse einen pudding
ich gehe ins kino
nehme mir eine zigarette
nehme mir eine zeitung
nehme mir eine frau
NEHME MIR.

Niels Cremer

BEFRIEDIGUNG MIT LEBENDEN KÖRPERN

Auf dem Absatz der Steintreppe standen zwei Frauen und hielten nach den Seiten Ausschau. Im Imbiß, ein Stück weiter die Straße runter, hatten drei ältere Frauen die Ellenbogen auf die Stehtische gestützt, vielleicht um sich einen Augenblick auszuruhen oder um sich zu wärmen, während sie die Straße im Auge behielten und sich, von draußen in der Schaufensterscheibe sichtbar, weiter anboten. Aus der Seitenstraße überquerten immer wieder Frauen den Platz zum Pissoir, um die Männer festzuhalten, die herauskamen.

Manche blieben auch länger im Pissoir, was vielleicht ein Aufschub war, ein kleines Hinhalten der Aufregung, sie standen da, offensichtlich mit einer Verhaltung, oder sie genossen etwas, vielleicht eine halbe Erektion, oder das Vorgefühl davon. In der Seitenstraße lehnten die Frauen an den verkachelten Wänden zwischen den Eingängen, die in Bars führten oder über Holztreppen zu den Zimmern, die alle gleich oder ähnlich eingerichtet waren, eine breite, flache Liege, die mit einer bunten Baumwolldecke abgedeckt war, am Fußende manchmal ein Handtuch oder ein Stück Plastik für die Schuhe.

Von der Seitenstraße führte eine Gasse ab, in der im Parterre alle Wohnungen zu Schaukästen umgebaut worden waren, hohe, drehbare Barhocker oder auch bequeme, mit Kissen ausgepolsterte Sessel direkt hinter die Scheiben gestellt, die von innen geöffnet werden konnten, Klappen, um auf die Straße hinauszusprechen. Die leeren Zimmer hinter der Sitzreihe vorn am Fenster waren mit Teppichböden ausgelegt, grau, die Häuser zweistöckig, im letzten Jahrhundert erbaut, aber innen modernisiert, die Wände mit naturfarbenem Holz vertäfelt. In der Gasse waren die Frauen bis auf die Unterwäsche entkleidet, eine stand erhöht in weißem Höschen und BH gleich hinter der Scheibe in ultraviolettem Licht, genauso noch als er später zum zweiten Mal vorbeikam.

In einigen Schauzimmern gab es an der hinteren Wand Musikboxen, die nicht in Betrieb waren, in der Gasse war keine Musik zu hören, auch sonst kein Lärm von Autos oder Bahnen, es war ruhig, bis auf einzelne, wenn man in der Nähe stand, klar vernehmbare Rufe, das Gemurmel der Männerstimmen und das Schlurfen der Schuhe über groben, alten Pflastersteinen.

Sie gingen die Treppe hoch über den Flur an einer geöffneten Tür vorbei, wo vorn an einem Tisch ein Mann saß, im Raum, hinten, mehrere Frauen, die wahrscheinlich Pause machten und sich unterhielten, bei dem Vorbeigehen draußen im Flur schwiegen sie kurz, redeten aber gleich weiter, während sie draußen an niedrigen, verschlossenen Holztüren vorbeigingen, bis die Frau hinten im Flur eine aufschloß. Er war nicht wegen bestimmter Eigenschaften mitgegangen, sondern weil sie zufällig dagewesen war auf dem obersten Absatz der Steintreppe, zusammen mit einer zweiten Frau. Im Zimmer übergab er schnell den Geldschein, den er schon auf dem Weg in der Jackentasche zwischen den Fingern gehalten hatte. Sie ging mit dem Schein noch einmal hinaus, um den Bewacher vorn im Zimmer zu verständigen, sie würde gleich mit mehreren Männern zurückkommen, die ihn beschuldigten, daß er die Frau beleidigt hätte, daß er schon bedient worden sei und endlich abhauen sollte. Das redete er sich ein, wenige Sekunden lang. Die Frau hatte ihn angespannt und passiv zurückgelassen. Er betrachtete mit gierigem Blick die Inneneinrichtung, mit einem Blick, der gierig sein wollte, und in dem die Frau wieder auftauchte, die er eben noch gesehen hatte, vielversprechend draußen auf dem Treppenabsatz, im Flur aber plötzlich viel kleiner mit unpassend tiefsitzendem Gesäß, ihr Steiß noch unterhalb seines Genitals. Er stand noch angekleidet zwischen Bett und Wand, als sie zurückkam, ungeduldig. Nun leg dich mal hin. Die Schuhe kannst du anbehalten. Sie hatte mit einer schnellen Bewegung den Überrock abgestreift, so daß ein nylonverpackter Unterkörper hervorkam. Ihre Hand hatte das Glied ergriffen, stimulierende Bewegungen gemacht. Er sah die Hand wie in einer Ausschnittsvergrößerung, beringt, das Fleisch staute sich runzlig zwischen Daumen und Zeigefinger. Immer dasselbe, auch wenn eine sich auszog, von den Älteren, auf deren Marktwert er noch paßte oder die noch frühere Gewohnheiten hatte, sich mit etwas Speichel auf den schnell zum Mund geführten Fingerspitzen zwischen den Beinen anfeuchtete, immer dasselbe, das nicht zu dem Ganzen vorher paßte, das irgendwie eine Enttäuschung war, nicht im tiefen, psychischen, erschütternden Sinn, sondern bloß eine kleine, oberflächliche Enttäuschung, deren körperliche Entsprechung das schnelle, gefühllose Abschluppen war, als sei irgendwas falsch, ein kleiner, blöder Fehler, der mit seinem Verhalten zusammenhängen mußte, aber wie? Es kam vor, daß sich eine hinlegte, betrunken oder vielleicht unter Tabletten, spät nachts, wenn schon alles egal war, von den Älteren, und sagte, los, mach es mir, los, während es ihm schon kam. Wenn er es mit einer zweiten Frau versuchte, nachdem er sich zuhause im Bett ausgeruht hatte, nicht zu lange, um die Erregung nicht ganz absinken zu lassen und in Gedanken unaufhörlich weiter mit dem Problem beschäftigt, würde er sich länger zurückhalten können, weil die Erregung nicht bloß abgetrennt dort unten im Genital säße, ein kleines, herrisches Jucken, das bis in den After ausstrahlte, sondern mehr in den Hüften und vielleicht sogar bis in die Schultern reichen würde und sich nicht mit einem Schlenkern des Handgelenks abstellen ließ. Das mußte auch sie merken. Mit mehreren Geldscheinen würde sich der Ablauf ändern lassen. Die Intensität würde sich steigern. Wenn er richtig präpariert war, würde er körperlich gegen die Frau ankämpfen. In seiner Vorstellung waren Gesichter aufgetaucht, zuhause im Bett, nachdem er die Discothek verlassen hatte, Nachbilder, die aus der zuckenden, tanzenden Menge aufstiegen, sich näherten und zerplatzten, ausgetauscht gegen ältere, bekannte Einprägungen, die er schon häufig benutzt hatte, Torsos, Posen, aus einer Spei-

Foto: L.S.

cherung abberufen, die Vorwände waren für die Gefühle, die an ihnen klebten, sich aus ihnen steigerten, loslösten und ihn packten, und die wichtiger wurden als die gleichzeitige Reue, du weißt, wie du dich hinterher fühlst, demoliert. Auch nachdem er es, bevor er losgegangen war, an sich selber gemacht hatte, hatte sich das Glied sofort aufgerichtet. Die Frau, die halb ausgekleidet auf der Außenkante der Liege saß, arbeitete wie an einem fühllosen Stock daran, nichts veränderte sich, keine Steigerung von irgendwas, das schneller losging, als er es gewollt hatte, das ihm entglitt, nichts, gar nichts, nur diese ruffelnden, fleißigen Bewegungen, dieses Wundscheuern, das zu einem Ergebnis kommen wollte, los, mach schon, es strengte sie an, verdammt, wollte der nicht, halt hier nicht den Laden auf. Daß er nicht, wie es üblich war, funktionierte, warf er sich jetzt vor, wollte jetzt, daß es passierte, gleich, ohne Vorbedingung, egal wie. Die Lust, danach zu duschen, den Schmutz von sich abzubaden, der vom eigenen Sperma kam oder von seinen Teilchen, die auf der Haut übriggeblieben sein mußten von der Berührung mit der Liege, auf der vor ihm unzählige Männer gelegen hatten, irgendwie die Erinnerung an das Zimmer wegzuwaschen. Im Kontakthof standen die Frauen vor hölzernen Zäunen, Sichtblenden, die den Hof unterteilten, einen viereckigen Innenhof in einem modernen Bau aus gelben Ziegeln. Vor jeder Wand standen nur zwei oder drei Frauen, rötlich ausgeleuchtet, im ganzen Hof mochten es sechzig bis achtzig sein. Zwischen den Sichtblenden irrten die Männer umher, viele zu zweit. Manchmal verließ eine Frau die anscheinend lethargische Wartehaltung, überquerte mit schnellen Schritten den Hof und verschwand, jemand hinter sich, in einem der Aufgänge, die in den Hofecken mündeten. Er hatte alle Frauen sehen wollen, um sein Gesicht zu finden, alle Gesichter waren in Wohnboxen versteckt, jetzt, um die Zeit, lebten schon für den nächsten Tag, er wollte das Gesicht aber nicht morgen, sondern gleich, er würde es nicht übersehen, aus Angst oder Trägheit, wie gewöhnlich, sondern die Wirkung aufnehmen, die von dem Gesicht ausging, die unscheinbarste Schwingung würde er aufnehmen und verstärken. Eine Frau war auf ihn zugekommen, kaum daß er ein paar Schritte in den Hof gemacht hatte, um alle Frauen anzusehen, ein Kopf mit Fransenhaaren und grün ausgemalten Augenhöhlen, na, wie isses, fuffzig Mark, knappe Verkleidung über dem Unterkörper, der nach den Seiten auslud und über die Ränder des eng anliegenden Stoffes nippte. Den Glotzfred zu machen, nicht gleich die erste zu nehmen, frech war das. Er hatte, danach, aus größerer Entfernung ein Signal aufgenommen, einen leuchtend roten Punkt oder ein Dreieck, das mit der Spitze nach unten wies in hundert Metern Abstand auf der anderen Straßenseite vor dem Schaufenster eines Uhrenladens, die rote Unterverkleidung einer Frau, die dann stumm einen halben Schritt vor ihm über das Trottoir lief und in einen Hof einbog, in einer Wohnung gleich vorn in dem Flur eine Zimmertür aufschloß, den Mantel ablegte, so, bestimmend war sie, zurückweisend, vielleicht eine Frau aus den Hochhäusern am Stadtrand, wo sie vormittags ins Einkaufszentrum ging und nicht von den anderen Hausfrauen zu unterscheiden war. Wenn er sie zufällig irgendwo getroffen hätte, zum Beispiel im Stehcafe des Einkaufszentrums, hätte es nichts Gemeinsames gegeben, nichts zum Austauschen, das machte auch diesen Austausch lächerlich, was er sich aber nicht eingestehen wollte, obgleich es deutlich zu sehen war. „Sei doch ein bißchen lieb“, sagte er, eine Zumutung, wie er an ihrer Miene erkannte, die starr blieb, sie ließ sich doch nicht von jedem verarschen, schon gar nicht von so einem, süchtig wahrscheinlich, der konnte froh sein, wenn sie ihn nicht gleich rauswarf. Sie arbeitete an ihm in einem stummen, verbitterten Haß. Sich fallenlassen, wohin sich fallenlassen? Die Dinge ließen nichts durch. Sie waren kompakt. Die Vorstellungen führten bloß auf das Augenblicksbild, da, in der Gegenwart, das Zimmer, die Wände, er, die Frau.

Daniel Dubbe

MÄNNER

Männer
sind häßlich
sind geil
sind brutal
sind kalt
ich hasse die Magger

Männer
sind schön
sind lustvoll
sind zärtlich
sind warm
ich liebe Männer

Brigitte Allhenn

CIRCLE GAME

nach einer weiteren
dummen bettgeschichte
lag ich im bett
- staring at the sky -
und dachte daran,
mich anzuziehen und
auf nimmerwiedersehen
nach amerika abzuhauen.

am nächsten morgen zog ich mich an
und ging wieder zur arbeit.

Wini Walter

SCHÖNE GEILE WELT

ich lebe
auf dem planeten
der supervotzen und riesenschwänze
der bombenkrater und totentänze
im sexrausch
und paranoiawahn
in angst und schrecken
vor riesenschwänzen und supervotzen
und finde alles reichlich zum kotzen

Achim Krohn

DAS JA-WORT

Grafik: Ralf Landmesser

WEIGERUNG

Noch während des Augenaufschlagens
gefragt nach dem genauen
Inhalt seiner Träume,
verweigerte er die Auskunft.

Beim Frühstück schweiften
seine Blicke nach draußen.
Ein warmer Sonnentag und dunkelgrün
das Laub der Bäume

Zur Ordnung gerufen,
wußte er nichts
zu seiner Entschuldigung vorzubringen,
entfernte gedankenverloren
ein Haar vom Marmeladenbrot.

Grußlos,
mit einem Wintermantel bekleidet,
verließ er später
in einem günstigen Augenblick das Haus.
Das war alles.

Wolfgang Bittner

JAGD AUF DEN LETZTEN "MANN"

Eben schickte man sich an, ihn zu umzingeln, und gleich würde es für den alten Adam kein Entrinnen mehr geben. Im Wäldchen dort vorne hockte er, der Rauch seines Lagerfeuers stieg in einer hohen, dünnen und weißlichen Säule auf aus den kahlen Wipflen der Bäume des Gehölzes und war deutlich zu sehen vor der kalten und bläßlichen Himmelsbläue an diesem Dezembermorgen.

Man sorgte sich, daß er vielleicht eine Waffe bei sich trug. Wahrscheinlich hatte er einen Revolver oder ähnliches in seinem Gürtel stecken oder sonst irgendwo — z. B. hing ihm womöglich das Schießeisen in einem Halfter unter der Achsel. Eine gewisse Vorsicht jedenfalls erschien überaus angebracht und unerläßlich für die Mitglieder des Suchtrupps, der sich langsam in der Deckung eines trockenen Entwässerungsgrabens im vollkommen ebenen Gelände auf das Wäldchen zubewegte. Vorsichtig.

Einige Stunden zurück lag inzwischen des alten Adam Entdeckung. Er war bereits in der Morgendämmerung von Kindern gesehen worden, wie er, offenbar auf der Suche nach Nahrung, an Zäunen und Hauswänden entlang durchs Dorf schlich. Die Kinder hatten an der Bushaltestelle gestanden und auf den Bus gewartet, mit dem sie zur Schule fahren wollten, als die charakteristische Gestalt (etwa so wie John Wayne, und außerdem stand lang eine Zigarre aus seinem Gesicht) plötzlich um eine Ecke herum auftauchte. Einige Goldzähne schimmerten, glänzten martialisch im Halbdunkel, bleckten gefährlich an der Stelle, wo die unersättliche Öffnung des alles verschlingenden Schlunds dieses Unholds vermutet werden mußte in dem ungewissen Licht.

Der kleine Moritz war der allererste, der ihn erkannte und sogleich anfing, mit dem Finger auf ihn zu zeigen; er hüpfte aufgeregt und zappelte, er krächzte — ganz genauso hatte er sich den Bösewicht immer vorgestellt, der kleine Moritz. Bevor der dumme Junge aber mit seinem Geschrei die Aufmerksamkeit des Alten Adam erregen konnte, hielt das Mädchen Emma ihm seine geschwätzige Schnute zu und hielt den Bengel fest — nun, er war eben ein Junge, was konnte man da schon erwarten. Geschwinde zog Emma den zappelnden Knaben hinter einen Mauervorsprung, und Alice, genannt die Hexentochter, half ihr dabei. Ängstlich klammerte Moritz sich an die zwei Mädchen und schlotterte vor Angst und klapperte. War eben so eine richtige jungenhafte Jungenseele, ganz typisch, dieser Moritz. Der Alte Adam indessen bewegte sich mit einem Mal und eiligen benagelten Stiefelschritts dem Dorfausgang zu — er fürchtete wohl die zunehmende Helligkeit. Bald nämlich würde es hell sein, und das Licht mußte er fliehen, Flüchtling, der er war.

Die Mädchen beschlossen, ihm leise zu folgen, der kleine Moritz fand das sehr aufregend. Er dürfe indessen nicht mit ihnen kommen, wurde ihm Bescheid gesagt — die Verfolgung eines Alten Adam sei viel zu gefährlich für Jungens, sowas sei reine Mädchensache, sagten Emma und Alice, die Hexentochter. Und wie immer Moritz auch bettelte und weinte, er mußte in den Bus einsteigen, der bald darauf herankam, und brav in die Schule fahren. Außerdem sollte er Emma und Alice wegen Zu-spät-Kommens entschuldigen und der Lehrerin vom Alten Adam berichten — dies sei doch eine verantwortungsvolle Aufgabe für ihn. Moritz nickte schluchzend und mit Tränen im Gesicht ließ er sich in den Schulbus schubsen.

Emma aber und die Hexentochter verfolgten ihr Wild über die Felder und sahen es im Wäldchen verschwinden. Schnell rannten sie zum Dorf zurück und alarmierten die Miliz, damit die ihn einfangen konnte, den Alten Adam.

Denn der befand sich auf der Flucht, alle Welt saß ihm

auf den Fersen oder im Nacken, er strich ruhelos umher. Dies lag nun daran, daß die Welt hier in einem bestimmten Punkt vollkommen verwandelt war und in ihren gesellschaftlichen Verhältnissen wesentlich geändert. Übrigens schon seit längerer Zeit. Die Frauen hatten mittlerweile die Herrschaft ergriffen, damit alles viel besser werde im Lande zunächst und später vielleicht überall auf der Erde. Die Männer, die hätten stets alles falsch gemacht, sie hätten nur Kriege angezettelt, erobert, gemordet, geplündert — die Erde schließlich gar, die gesamte Natur wären sie auszuplündern im Begriffe gewesen. Die Frauen durften nichts dazu sagen und wurden niemals gefragt, man nahm sie nicht ernst, sagten die Frauen. Nur gut war es, daß sie noch rechtzeitig eine Einsicht hatten und sich erhoben gegen die maskuline Tyrannei, unter der sie stöhnten, wie auch die Erde stöhnte und alles, was da wuchs und lag, stand und lief und kroch und schwamm und herumflog usw. ”Das ist ja nicht zum Ertragen — es ist nicht zum Ertragen!” schimpften die Frauen immer häufiger, und immer öfter beklagten sie sich über ihre Unterdrücker, die allesamt Paschas waren und richtige Raubtiere eigentlich, jawohl. Hatten sie nicht Schwänze genau wie die Tiere? Na also.

Die schließliche Erhebung der Frauen aber war auf eine sanfte Weise wunderbar gewesen und unblutig dabei, und das Mittel, die Waffe, mit der das möglich wurde, erschien nach wie vor als ein ganz und gar ungelöstes Rätsel, das genaugenommen niemand begriff, geschweige denn enträtseln konnte.

Angefangen hatte alles mit ein paar Schlagzeilen in gewissen Zeitungen — in seriöseren Blättern erfuhr man von dem Ereignis vorerst unter Rubriken wie ”Kleine Meldungen”, ”Verschiedenes”, ”Nachrichten aus aller Welt”. Illustrierte hingegen brachten Berichte mit farbigen Fotos. Die Fotos zeigten die schlammigen Wasser eines der zahlreichen Nebenflüsse des Amazonas, dieses riesigen Stroms, die Ufer mit Dschungeln bestanden. Und in den Dschungeln waren, wie im Text neben den Bildern und unter den Bildern zu lesen stand, zahlreiche weiße Männer spurlos verschwunden. Eine bis auf die Zähne bewaffnete Expedition nach der anderen hatte der Dschungel geschluckt, doch immer wieder brachen harte und furchtlose Burschen auf, nach den Verschwundenen zu suchen. — Sie waren ebenfalls allesamt in der grünen Hölle geblieben und nicht wieder daraus hervorgekommen.

Weil nun die vielen ständigen Leser und Käufer der Zeitungen und Zeitschriften schier vor Spannung zerbarsten und wissen wollten, welches schaurige Geheimnis hinter den dampfenden und brütenden Wänden aus Lianen und Blättern verborgen war, machten sich schließlich einige beherzte Berichterstatter auf den Weg zum betreffenden Nebenfluß vom Amazonas. Und wenngleich auch die Zeitungsverlage, für die sie reisten, in hartem Konkurrenzkampf gegeneinander standen, schlossen die Reporter sich dennoch zu einer fest geschmiedeten Gemeinschaft zusammen. Das Unternehmen würde nicht ungefährlich werden, wußte ein jeder von ihnen. Sie mieteten ein Boot miteinander, und alle in einem Boot sitzend tuckerten sie stromaufwärts und pflügten die lehmige Flut voller Piranhas, elektrisch geladener Aale, zähnestarrender Echsen. Sehr litt das tollkühne Häuflein unter den Mücken.

Und dann endlich waren sie angelangt im Gebiet, machten am sumpfigen Ufer fest. Ihre Flinten entsichert und schußbereit haltend, drängten sie ins Gebüsch, erschrocken stob ein Volk Affen davon. Die Fotoreporterin Barbara Stern von den "Bunten Blättern am Sonntag" erzählte später, daß vor lauter Schlinggewächsen und dichtestem Unterholz kaum ein Vorwärtskommen möglich gewesen sei. Mühsam hätten sie sich mit Buschmessern einen Weg durch das ineinander verfilzte Gestrüpp schlagen müssen, der Schweiß sei ihnen dabei nur so heruntergelaufen.

Ringsumher vielerlei Geräusche und Stimmen von Tieren jeder Art, ein unheimliches Glucksen, Gelächter, Geschnatter, Gackern und Pfeifen, Jammern und Geheul. Plötzlich Gebrüll. Sehr zusammengefahren seien sie da und auch auf alles gefaßt gewesen. Doch hätte sich nichts von Bedeutung ereignet, nur ein kurzzeitiges Schweigen im Wald sei gefolgt. Darauf Grunzen und Quieken, Rauschen, Schnalzen, Schnattern und Flügelschlagen.

"Das war ja ein richtiges Höllenkonzert", sagte der Mann von der Fernsehanstalt zu Barbara Stern. "Ist Ihnen denn nicht Angst und Bange geworden davon? " fragte er interessiert.

Er saß Barbara Stern gegenüber, in einen der bequemen Sessel des Studios gelehnt und rauchte eine Zigarette. Barbara saß ebenfalls in genau so einen Sessel gelehnt und hatte ihre Beine übereinandergeschlagen. Auch sie rauchte eine Zigarette. Unzählige Fernsehzuschauer saßen gespannt vor unzähligen Bildschirmen und sahen Barbara und den Fernsehmann, der sie interviewte. Eben führte sie ihre Zigarette zum Mund, die Zigarette glühte auf und Barbara Stern ließ eine winzige Wolke zwischen ihren kaum geöffneten Lippen hervorschweben. Sie klimperte mit den Augenlidern, stieß jetzt einen Rauchstrahl aus ihrem Munde. "Ja", sagte sie.

"Ja? " fragte der Mann ihr gegenüber.

Barbara: "Nachdem wir uns viele Stunden durch den Urwald gekämpft hatten, beschlossen wir, ein wenig auszuruhen. Anschließend wollten wir zum Boot zurückkehren, um dort die Nacht zu verbringen. Wir rasteten also, kehrten darauf zum Boot zurück und legten uns zur Ruhe."

Der Interviewer von der Fernsehanstalt wirkte ungeduldig. Er drückte nervös seine Zigarette aus und sah auf die Uhr.

"Ich nehme an, Sie hatten dann irgendwann ausgeschlafen? "

"Wir wurden um Mitternacht geweckt", antwortete Barbara.

"Wer oder was hat Sie geweckt? "

"Ein Gesang."

"Eine Vogelstimme? Eine Nachtigall? Singende Fische? Vor einiger Zeit las ich was von singenden Fischen."

"Nein, keine Fische. Wir wußten erst nicht, was es war, aber die Fische verhielten sich ruhig. Die konnten es nicht gewesen sein."

"Wer dann? "

"Der Gesang war mal laut und mal leise, schwoll an in bestimmten Abständen, dann wieder hörte man ihn weniger laut usw. Weil die Töne vom Ufer her kamen, richteten wir den Lichtkegel unseres Scheinwerfers dorthin und sahen dann deutlich eine Anzahl Indianerinnen am Wasser stehen."

"Waren das die Sänger? "

"Sängerinnen!" verbesserte Barbara.

"Natürlich", sagte der Fernsehmann.

"Die Indianerinnen", fuhr Barbara fort, "standen ganz dicht am Wasser und sangen. Es hörte sich so ähnlich an, wie wenn man eine Sirene in Gang gesetzt hätte.”

”Haben Sie geschossen? ”

Barbara: ”Die Indianerinnen? Nein, die haben nicht geschossen.”

Fernsehmann: ”Nicht doch! Ich meine, ob Sie, die Sie im Boot saßen, auf die Indianerinnen geschossen haben.”

”Keiner von uns dachte an sowas”, erwiderte Barbara. ”Im Gegenteil! Meine Kollegen schienen ganz hingerissen von diesen Frauen, sie sahen völlig verzückt aus. Wir fuhren zum Ufer und legten dort an.”

”Das war wohl sehr unvorsichtig, nicht wahr? ” meinte der Mann vom Fernsehen in tadelndem Tonfall. ”Die haben Ihnen ja eine Falle gestellt.”

”Ja sicher”, bestätigte Barbara. ”Alle Männer sprangen sogleich aus dem Boot und rannten hin zu den singenden Frauen.”

”Sangen die denn noch immer? ”

”Die ganze Zeit über sangen die in dieser an- und abschwellenden Weise, wie ich sie beschrieben habe. Als meine Kollegen bei ihnen angelangt waren, drehten die Indianerfrauen sich um und verschwanden im Dschungel. Die Männer folgten ihnen und kehrten dann nicht mehr zurück. Ich habe nach ihnen gerufen und auch in die Luft geschossen, erhielt aber weder eine Antwort noch sonst ein Lebenszeichen von ihnen. Zunächst wartete ich und blieb drei Tage und drei Nächte dort liegen mit dem Boot. Natürlich hielt ich mich etwas vom Ufer entfernt, beobachtete sehr aufmerksam die Stelle, an der die Männer den Indianerinnen in den Urwald gefolgt waren. Endlich, am vierten Tag, beschloß ich Hilfe herbeizuholen.”

”Wieso eigentlich”, fragte der Mann von der Fernsehanstalt, ”sind Sie im Boot sitzengeblieben, während die Männer alle an Land gingen? ”

Barbara: ”Das kann ich nicht richtig begründen — ich fand es ganz selbstverständlich in diesem Augenblick. Mir kam gar kein Gedanke daran, wenn ich ehrlich sein soll. Mehr kann ich nicht sagen dazu.”

”Sie waren die einzige weibliche Teilnehmerin an der Expedition? ”

”Teilnehmerinnen sind in jedem Falle weiblich”, korrigierte Barbara. ”Ja, ich war die einzige Frau in der Gruppe.”

Grafik: Kaspar Pfenninger

"Bisher", sagte der Fernsehmann, "ist keiner Ihrer Kollegen gefunden worden. Wie erklären Sie sich das? "

"Ich kann mir das überhaupt nicht erklären."

"Können Sie singen, Barbara? "

"Ein bißchen", sagte Barbara. "Vielleicht singe ich ganz gut."

"Könnten Sie so singen wie die geheimnisvollen Indianerfrauen? "

"Ach — ich weiß nicht . . . "

"Versuchen Sie es!"

Barbara versuchte es.

'Ohje, das hört sich ja fürchterlich an", lachte der Interviewer.

Barbara stand aus ihrem Sessel auf.

"Im Sitzen kann ich nicht singen", sagte sie.

Sie atmete jetzt ein, und dann sang sie so, wie die Indianerinnen damals im Urwald gesungen hatten. Ja. Und der Fernsehmann, der kriegte auf einmal Glotzaugen und glotzte wie verzückt mit einem unglaublichen, idiotischen Gesichtsausdruck.

Barbara sang, ihr Gesang schwoll an und wurde leiser, schwoll wiederum an — fast, als hätte man eine Sirene in Gang gesetzt. Sie hörte gar nicht wieder auf mit dem Singen, niemand kam und störte sie dabei. Über zwei Stunden war Barbara auf dem Bildschirm zu sehen, und aus den Lautsprechern der Fernsehgeräte schwoll ihre Stimme in die Wohnungen, wo alle Männer, die sie vernahmen, genauso idiotisch glotzten und verzückt wie der Mann im Studio, der noch immer bei Barbara verweilte. Der Interviewer saß ihr zu Füßen und schaute zu Barbara auf mit einem Hundeblick.

Die Frauen in den Stuben aber spitzten ihre Ohren und lauschten, wie die Sirene sang. Dann schließlich sangen die Frauen mit. Ja. Und seit dieser Fernsehshow haben sie alle Männer vollkommen in der Tasche, die Männer haben nun nichts mehr zu melden. Sie müssen den ganzen Tag Strümpfe stopfen zur Strafe für ihre lange, lange Herrschaft über die Frauen.

Nur einen Mann haben die Frauen nicht in die Tasche gesteckt: Beim Alten Adam wirkt kein Sirenenzauber.

Der weibliche Suchtrupp hatte inzwischen sein Ziel erreicht, ruhig stieg der Rauch des Lagerfeuers kerzengerade und weißlichgrau in den frostigen Dezemberhimmel. Die Frauen verteilten sich nun und bildeten einen Ring um das Wäldchen, sie hielten ihre Maschinenpistolen schußbereit zwischen die Stämme gerichtet, denn man konnte nie wissen. Von allen Seiten zugleich drangen sie ein, ihre Füße raschelten durchs braune Laub, das hoch den Boden bedeckte. In der Mitte, am Lagerfeuer, trafen sie dann alle aufeinander, das Feuerchen brannte noch lustig. Ansonsten war der Platz leider leer, kein Alter Adam saß dort und wärmte sich seine Finger. Er hatte sich nämlich schon längst aus dem Staube gemacht, der Alte Adam.

Heinz Helmut Zwanzig

BRATWURSTESSER

Ich mag die Bezeichnung Mann nicht. Zuerst einmal stört mich das Geräusch des Worts, knapp und hart, dem Geräusch eines Peitschenschlags nicht unähnlich. Später stört mich, was ich mit dem Wort Mann bezeichne: Jemand, der an der Imbißbude seine Bratwurst ißt und mit anderen Bratwurstessern die Geschlechtsmerkmale von vorübergehenden Frauen diskutiert.

Daß die Bezeichnung in letzter Zeit, vorwiegend in mit Palmen und Korbmöbeln vollgestellten Wohnungen eine andere Bedeutung bekommt, stört meinen Eindruck vom Bratwurstesser nicht, dieser ist so alt und zäh, jener noch so jung und frisch.

Ich fühle mich nicht als Mann und wenn ich auf einem Fest der Kölner Männergruppen unter der Überschrift "Liebe Männer!" aufgefordert werde, offen auf andere zuzugehen, komme ich zunächst nicht auf den Gedanken, daß ich gemeint bin.

Das mag sich alles sehr überheblich anhören, ist es aber nicht. Und es ist für mich nach wie vor eine verdammt strittige Frage, ob ich mich nicht doch mit an die Imbißbude stellen und meine Bratwurst essen soll. Sehr viel wäre dann sehr viel einfacher.

Richard Nöbel

OFFENER BRIEF AN EINE BÄRIN

Liebes Bärchen!

Weißt Du noch, wie wir uns begegnet sind? Ich lag am Weg neben einer aufstrebenden Krüppelkiefer und hielt mich so lange für eine taube Nuß, bis Du mit Deinem linken Eckzahn an mir herumnagtest. Da ist mir dann klargeworden, daß ich auch ein Bär bin. Mein Bärendasein ist mir natürlich noch etwas fremd, ich muß mich erst einmal umgewöhnen.

Neulich ist mir etwas zugestoßen, also, darüber grübele ich immer noch nach. Vor vierzehn Tagen war hier im Silberwald ein großes Bärenfest, mußt Du wissen, mit Met vom Faß und Honig frei, und weil gerade nichts Besonderes im Glotzkasten lief, ging ich hin.

Wacker fürbaß schreitend, kam ich ans erste Metzelt. Neben dem Eingang standen, leicht angeheitert, drei Bären, die sich unterhielten. "Nabend, Bären!" grüßte ich, nichts Böses ahnend. Na, da ging's vielleicht los!

"Was heißt hier Bären? " blaffte mich der erste an, "siehst du nicht, daß ich ein Feldbär bin? " - "Ich bin ein Wawaldbär, wowohlgemerkt", lallte der schwankende zweite, "und ich ein Wiesenbär", schniefte der dritte hinterher. Er war vermutlich vom vielen Imtauschlafen etwas verschnupft. Dann brummte der erste noch:"Was bist du denn überhaupt für ein Bär? " Ganz verdattert habe ich mich davongetrollt, weil ich keine Antwort wußte.

Als nächstes lief ich zu einer Schießbude und fragte den Bären darin:"Sag, Bär, darf ich mal einen losballern?" Er hatte einen Helm auf, deshalb fügte ich noch schnell hinzu: "Helmbär, meinte ich selbstverständlich." War aber nichts. Der schnarrte gleich los:"Von wegen Helmbär! Oberhelmbär, wenn ich bitten darf, oder siehst du nicht die drei vergoldeten Haare an meiner Schnauze? "

Ach, das war schon ein heißer Abend. Ich habe lauter Bären kennengelernt, die waren gar keine Bären, die waren Gummibären, Lobebären, Tanzbären und Kragenbären. Aber, liebes Bärchen, woher soll man nun eigentlich wissen, wer welcher Bär ist? Ich finde, es genügt, daß wir Bären uns gegenseitig am aufrechten Gang erkennen, denn wenn das nicht reicht, dann können wir doch gleich wieder auf allen Vieren laufen wie unsere Vorfahren, oder?

Herzliche Grüße,
Dein Teddibert

Herbert Friedrich Witzel

Zeichnung: Erich Rauschenbach

ABSCHIED

In der Erinnerung
ist alles einfacher gewesen,
besonders auf Bahnhöfen,
an die ich mich
nicht mehr erinnern kann.
Aber der Abschied eben war schwer,
immer noch ist alles in Bewegung
in meinem Leben
und jetzt auch in meinem Gehirn,
das machen die Worte:
"Du wirst mir fehlen."
Wäre ich Beamter geworden,
ich stünde morgens beruhigt auf;
so aber stehe ich im Mantel
hier an der Theke:
Ein Bier,
einen doppelten Korn bitte,
und überlege immer noch,
ob ich ein Fehler bin
in deinem Leben.

Wolfgang Bittner

MIT ROBERT WALSER IN DIE SÜDSEE

Nachmittags lag Heinz häufig auf dem abgenutzten Sofa, im blauen Bademantel, die Beine übereinandergeschlagen. Dann konnte er sich in den Stuhl setzen, aus dem Fenster blicken. Klingelte das Telefon, nahm er nicht ab. Er empfand einen ziehenden Schmerz im Körper, und wurde sich seiner totalen seelischen Verwirrung bewußt.

"Glaubst Du, daß Du so einen Kult mit Dir treiben mußt," hörte er Susanne sagen.

"Ja, weißt du, was mich treibt ist doch was mich hemmt," antwortete er in seiner Vorstellung, Susanne war nicht hier, nichts hätte sie herbeigeschafft, er wollte sie nicht.
Sich selbst haben, nur eine Frau, eine besondere Haut. Schmerzen, Sehnsucht. Warten, Bereitschaft, aufgewühlt sein, erschüttert. Liebe. Noch nachgeben und Kämpfen?

Waches sich treiben lassen.

Auf der Straße die kalte Luft im Frühjahr, die Steinplatten unter seinen Füßen. Fliegen oder nichts? Jeder Schritt zurück, aber weiter ins Freie.

Es bleibt nicht die Erinnerung, nichts bleibt. Betrifflosigkeit, Spuren im Verstand, Prägungen, Hülsen, Hüllen, leere Strukturen, Gefangenheit.

Ein anderes Leben, oder besser allein sein. So wird alles Stoff des Schweigens. Phantasie? "Nach Innen hat das ein anderes Maß - Kultur ist Oberfläche."

Stille, freundliches Schweigen. Der nächtliche Regen, das besondere Rauschen der Autoreifen auf dem nassen Asphalt. Im Sitzen einschlafen, oder ist es eine bestimmte Wachheit. Die Vorhänge schließen.

Jetzt bin ich allein in der Wohnung, das Licht löschen, das Fenster weit öffnen, einen Schluck trinken.

Tisch, Stuhl, Wand, Radio, Tasse, Buch, Zigarettenschachtel, Schokolade, Aschenbecher, 2 Kippen Lux Filter, blaues Gasfeuerzeug, Transformator, weißer Lampenfuß, gelber Schirm, gestreiftes Sofa, Wolldecke, Finger, Brille, Uhr, Hand, Gesicht, 3 gerahmte Zeichnungen, Flecken auf der Wand, Flekken auf der Tischdecke, Waschbecken, Boden, Teppich, Vorhang, Fenster, draußen, Steckdosen, Spiegel, Tür, Regal, Bücher, Ordner, Bett, Koffer, Fotos, Stühle, Tischchen, Bücher, Lampe, Decke, Lampe, Schalter, Schiebetür, Jacken, Bügel, Schreibmaschine, grüne Aktenmappe, Ruhe, Rauchen, Stille, Musik, Atmen durch die Nase, Durst, Weck-Uhr, Telefon, Papiertaschentücher, Radiergummi, Anspitzer, Füller-Kapsel, Schirm.

Wachsein, ja, ich bin berauscht. Die Gegenstände auf Hannas Tisch, an dem ich arbeite. Arbeit ? Ich richte meine Aufmerksamkeit auf nichts, Nichts! Durch die Dinge, diese Phänomene, Susanne, Liebe. Schon ist der Name getauscht, ich meine Andere, alles wird anders, Beziehungen bestimmter Moleküle, nicht frei ! Du, aber wärst frei, aus den ererbten Bestimmtheiten zu springen ?

Alles ist jetzt, dies ist der Plan. Liebe jetzt; meine Beziehungslosigkeit, die Stadt, die Menschen. Nun gibt es keinen Trost mehr, kalt, alles ist gleich. Die Intensität meiner Zuwendung bestimmt die Empfindung: das ist Liebe, Schönheit. Nun arbeiten, die halbe Nacht; nicht ist es unbestimmt, es ist gleich. Es ist schön, jetzt. Ich kann bleiben, und ich kann gehen; es ist besser so.

Heute bin ich um sieben aufgewacht. Es war schon sonnig, aber ich hatte das Gefühl weiter schlafen zu müssen, um Kräfte zu sammeln für diesen Tag, den nichts besonderes auszeichnet. Gegen Eins bin ich dann aus dem Bett, habe die Vorhänge geöffnet, das Fenster, die schöne, kühle Luft ins Zimmer gelassen.

Nun, es hat Tage gegeben, an denen ich einen anderen Zugang zur Welt hatte, nicht daß ich weniger verzweifelt gewesen wäre, verzweifelter ! und entschlossener zu sein. Dies ist ein Tag zum Wünschen : Mich in den Zug zu setzen, vielleicht an die See, Verreisen, das hab ich gespürt als ich vorhin die Wagen auf der Straße vorüberfahren sah : Sehnsucht. Aber allein fürchte ich mich, und ich hab kein Geld.

St. Martin, der Himmel dunkel, aber das Licht! Wenn ich mein Gesicht hier im Spiegel betrachte, wird mir ganz mies, es war wohl zu warm in diesem Raum. Ich sollte das Haar schneiden lassen, es wellt sich im Nacken. Nun kann ich den Himmel durch die Jalousien sehen; mattblau, unstrukturiert; dagegen die Wolken am Mittelmeer, es weht die kalte Luft herein, Süden, Bläue, und das grüne Wasser am Strand.

Die alte Schreibmaschine ist mir fremd geworden, nachdem ich sie drei Monate nicht benutzt hatte ; die Typenhebel mit den seltsam großen Buchstaben, als sähe ich die zum ersten Mal . - ADLER, nein A D L E R steht oben auf der Blechhaube.

Nur ein frischer Abend, keine Zehn Grad. Bin im Dunkeln drüben im Rohbau gewesen, den sie über dem alten Teich errichtet haben.

Irrsinnige Schmerzen im Rücken. Somatisierung!

Grau im Gesicht, Angst, Margret, (Therapie ?), um 23.45 ein Bericht im Dritten TV über Fußballweltmeisterschaften 1930-38.

Im Park mit dem Rad. Schäferhunde. Durch die Hohlwege auf die große Wiese. Ob ich mir etwas einprägen kann?

Dichtung, Unwahrheit ? Hannas Schreibtischlampe war schon vor Monaten kaputt gegangen. Die muß nun repariert werden, bevor sie zurückkommt. Diese Schreiberei bringt doch nichts ein. Nichts hat man außer einen lust-gen Seele. Das aber reicht nicht. Den Boden saugen, und dann weiter sitzen. Nachts mit der Katze unterwegs, sie läuft mir nach. Hab sie vom Bahndamm geholt. Ob sie sonst die Gleise überquert.

Sterne, Sterne ! noch mehr Freiheit und Furcht, die Nacht ist kühl. Schmerzen in den Armen und Händen und tiefste Unsicherheit.

("Nein, man kommt auf Stufen aus einem schmierigen Material nicht hinauf in ein reineres Leben.")

Wach bleiben, müde, auf der dunklen regennassen Straße und nur die Beine gehen. Die offenen Augen schweifen:

Nichts, die Bäume, Bogenlampen (40 Minuten)

Eine starke Unruhe und Kälte. Ich bin erschöpft. Tee, Kaffee, Zigaretten. Abschweifen ins Chaos:

"Die Schöpfung geht weiter" ? Ja, das sollte sie ! Na ? Meine Suche, ist das noch kammergerecht, aber doch kein Reizhunger; mit Robert Walser in die Südsee!

Dunkles blaues Wasser und Wind, die Boote im Hafen, ein paar Wolken, wenige Spaziergänger an der Elbe, abends.

Es war windig und kühl. Vorhin hatten wir in der Nähe der Polizeiwache am Strand geparkt, in dem alten Mercedes 220, Hans rauchte Haschisch, und ich hatte eine fast unsinnige Furcht, daß wir kontrolliert würden. Es war vielleicht der einzige Ausflug, den wir unternommen haben. Zehn Jahre war ich nicht an der Bucht gewesen, Ostsee , viele Trampfahrten, das "Kuttel Daddeldu" am Strand, halb gammelig. Eltern eines Freundes hatten dort in der Umgebung, ein Wochenendhäuschen gehabt. Aber was blieb, Hans Du bist schon damals, auch in den Süden gefahren; die Cote! Ja, nun sind wir hier, im Sommer 1971, schon in der Dämmerung, im halben Transzendiert-Sein, mit dem wissenschaftlichen Durchblick gratis, auf den Hacken. Mitten auf dem Weg zur Sinnlichkeit, zwischen unseren Wunschphantasien und einem ganzen Bedürfnis nach dem ewigen Glück des Frei-Seins. Raus aus dem Mief, aber hier gibt es kein angenehmes Lokal, und keine Mädchen. Dann aber die Landstrasse im Scheinwerfer-Licht, Neil Young oder die Rolling Stones, Heimfahrt im geheizten Gehäuse, halb schon neugeboren, halb noch auf der Suche.

Auf dem Rückweg von der Elbe bin ich wieder durch den Park; flüchtig, einige Leute, unklare Erinnerungen. Radfahren, es war sehr angenehm in der Dämmerung, ich hatte mich beeilt um einen Film in der TV zu sehen, so hatte ich eine Orientierung. (Und das ist es !) Denn jetzt hab ich wieder Kopfschmerzen; es muß dort etwas in meinem Schädel begraben sein, wovon ich nichts weiß. - " Wir müßten uns die Schädeldecken aufbrechen und die Gedanken (einander) aus den Hirnfasern zerren." - Was wissen wir von uns, daß wir in die Lüge verliebt sind; und wenns hochkommt spielen wir Theater, Kunst, und sind nicht mit uns selbst identisch? Das ist der Schwindel und mein linkes Auge schmerzt. Zigaretten, Kaffee und das Wetter! Oder sollte doch das Wesen des Menschen der Charakter,(vielleicht als heiße Wahre ?), sein, oder das bloß Manische, die Triebschürfe. Kollegen, Genossen im Eise.

Die Wildlederstiefel lösen sich auf, meine beiden Hosen werden bald durchgescheuert sein. Also raus aus den Symbolen.

Ein sechzehnjähriges Mädchen im Tangermann-Laden, eine Flasche Schaumwein in der Hand. "Hast du nur dies," frage ich, es an der Kasse vorlassend. - "Wieso, das reicht doch für einen Abend, " antwortet es.

Wir, damals, in einer kleinen Kneipe an der Marktstraße, hatten angefangen mit einer Taschenflasche (der Flachmann) Rum-Verschnitt; eine Ahnung von Rausch in Kürze.

Ob ich Dieters Adresse in London habe, Susanne? Doch begreift man sein Leben nicht richtig, wenn man es nicht bis in seine tiefsten Verfinsterungen hineinverfolgt, Eifersucht und Groll?

Taub im Kopf und müde. Einfluß, Macht, Zerstörung. Um Liebe ? Natur und Kampf, - Gesellschaft.

Unklares, Grenze, Klaviermusik im Radio. Kater, Enge, der Boden der Tatsachen, Lärm auf dem Flur.

Mensch Kinder, Dichtung ist doch keine Vulgär-Soziologie, vielleicht nur "die Beschreibung des Jenseits im Diesseits", also doch Mystik, bald Magie ?

Ich glaub mein Tisch steht schief, oder bin ichs; die Welt? Unruhig, auf dem Sprung. Da hilft es nicht das Zimmer aufzuräumen, denn es gibt keine Ordnung.

Ich komm nicht hinab, vielleicht bin ich erschöpft. Was läßt sich erzwingen, wenn ich schon keine Ideen hab, so doch Schmerzen im Rücken und meine Gleichgültigkeit. Mein Gott, was ihr alle für tolle Vorstellungen habt, ganze Zukünfte, und Energien ; Kraftfelder, ja, ich langweile mich, schreiend - was tun, kraftvoll faulenzen, einen Roman leben? Gibt es noch Geschichte, Erinnerung nach vorn; eine Umweltspumpe fürs Gehirn !

Hanna, du vergrößerst deine Englisch-Fotos, die Stille der Dunkelkammer. Sehnsucht, die selbstbefreiende Emanzipation; Erzählen und schreiben; neulich in Neu Schott-Land.

So, im Schreiben wird mir doch wohler; wirklich, das gestaltete Leben. Hainer träumte seine Neugeburt, eine grosse kompositorische Idee für sein Buch. So hoffen wir aufs Geld. "Ich nicht," sagt Hanna nun.

Das Schöpferische, ich hab zu nichts Lust. Hunger und Schwäche. Susanne, dich werf ich aber nun hinaus: "Du herzloses Weib!"

Jemals der große Aufbruch, abends die Totalität auf dem Rad, im bitterkalten Park, der Himmel noch hell, blau; dunkel die Wand der Bäume, die Wiese.

Schwindel; kaum halt ich mich auf dem Gefährt. Woran noch lehnen: Kritik der Natur (Ökologie-Debatte). Man muß alle Maßstäbe hinter sich werfen.

Schönheit, Liebe, Wahrheit, was bleibt?

Wozu noch andere Figuren, äußere Gestalten; es geht nicht um dich! Ja, doch, dies ist ein Modell.

Wenn ich dich noch liebte, aber bloß von fern; auch das vielleicht eine Illusion; ein recht verschwommenes Bild im Geist, oder doch schon ein leises Strömen im Leib. Das wird die Rettung, der Satz (Sprung) aus der politischen Ökologie, aus den Wörtern, der Sprache, die die Wirklichkeit ist, wo die tödlichen Begriffe an die Dinge und die Bilder geheftet bleiben.

Oh, Blumen des Schönen, ihr vergänglichen Wohllüste.

Liebe,

es ist in mir eine Sehnsucht, dem bundesrepublikanischen Mief zu entgehen. Nach dem Scheitern aller Hoffnungen auf reale gesellschaftliche Verbesserungen, aber schon hier komm ich ins Stocken. Mir ist fremd, mir ist fremd geworden. Hier ist keine Heimat, ich bin wieder sehr müde, und da ich mich nicht weiter selbst bekämpfen kann; ich bin für Genuß und sinnliche Klarheit, (wie jeder Mensch)

Alles weicher, offener, fließender. Entschieden die Unsicherheit ertragen.

Denkprozesse, Herstellung von Wörtern, Sätzen. Seelisches Hinüberwechseln, Bewegung und Apperzeption. Gestaltung, Selbstauflösung und Trauer.

Schwäche in den Knien, Angst und Schwäche.

An der Maschine, und du könntest doch hinausgehen. Ordnung? Aufmerksame Wahrnehmung ist die Tätigkeit. Wir entdecken die Gesetze der Natur, aber setzen wir unserm Handeln ein Ziel, das über die Befriedigung der unmittelbar eigenen Lebensnot hinausreicht? Doch für entschieden ungewisse Ziele dürfen wir keine Opfer bringen noch fordern. Wenn wir uns entfalten wollten, jenseits des Gefühls totaler existenzieller Sicherheit, bedürfen wir des Zustands eines vorläufig ewigen Friedens, Gewalt ist Natur.

Eine ideale Geliebte, nicht mehr, aber das Telefon steht auf dem Tisch: Der Fernseher. "Dein Vater, dein Vater, ich interessiere mich mehr dafür, wie, SUSANNE, die Bourgoisie, die wahrhafte Gouvernantenmasche, ja, fleischlose Koketterie, gestrichen, Schluß damit, Wach auf! "Ja, so leben, als ob man jeden Moment erlebte.

Rauschen der Nacht, ferne Bewegungen, Geräusche, warm ist es unter der Decke, Hände und Füße, die Lippen.

Paul Waldheim

Foto: Peter Seidel

IM STÄHLERNEN KÄFIG

Wie ich an den Job gekommen bin, hab' ich erklärt. Aber wie kommen die tausend Anderen daran? Das waren erstmal auch alles Jungen und haben sich für Autos interessiert. Dann haben sie was gelernt und sind in der Fabrik gelandet oder haben nix gelernt und sind in der Fabrik gelandet oder sind gleich zur Bundeswehr gekommen. Da waren sie dann geil drauf, den Zweier-Führerschein zu machen (damit war man auch schon bei der Bundeswehr schon mal wer und dann sollte der Führerschein ja auch noch so viel wert sein; da hatte man doch fast den Bund ausgebeutet); vielleicht hatte man beim Bund, fern der Heimat, einer Frau ein Kind gemacht, an die man sich kaum noch erinnerte oder man hatte ihr zu Hause eins gemacht, sie geheiratet, obwohl man sie nicht liebte. Im ersten Fall ist man nach der Bundeswehrzeit in die Ferne gefahren, weil man soviel Alimente zahlen mußte und die Höhe der Zahlungen sich nach dem Brutto-Verdienst richtet. Da ist man auf Montage oder eben als Fernfahrer mit den vielen Spesen (netto versteht sich) natürlich fein raus. Im zweiten Fall geht dir die Frau, die du nicht liebst, auf die Nerven und du bist froh, die ganze Woche unterwegs zu sein. So sind meinen Beobachtungen nach jedenfalls ein Großteil der Fernfahrer beschaffen: den Alimentenzahlern und denen mit dem kaputten Familienleben (viele saufen dann auch erheblich mehr als die StVO zuläßt). Oder, anderes Beispiel, der Peter, mit dem ich zusammen gefahren bin: der hatte direkt nach Kriegsende Kunstglaser gelernt. Da gab es wohl für Glaser, nicht aber für Kunstglaser Arbeit. So ist der zur Fernfahrerei gekommen. Heute suchen sie wieder Kunstglaser, aber der Peter ist „out". Der ist nicht nur in seinem Beruf „out", der ist auch so „out", der ist noch nicht mal am Wochenende beim Wettsaufen in der Kneipe „in", den hat der Job brutalisiert, fertiggemacht, der kommt nicht mehr runter vom „Bock"; so wie der von seiner früheren Arbeit, der Kunstglaserei, geredet hat, konnte der von der Fahrerei nicht reden. Da hat er mir Sachen aufgezeichnet, wie das mit den Bleifenstern funktionierte und so und überall schwang ein handwerklicher Stolz mit. Von der Fahrerei konnte er nur in Rekorden reden: wieviel er schon überladen hatte, wie schnell er die Strecke Kopenhagen-Lissabon gefahren ist, mit wieviel Toten er schon Unfälle gesehen hat, wieviel Frauen er schon in der Kabine gevögelt hat und so weiter, Rekorde sind überhaupt das einzige Gesprächsthema, in den Fernfahrerkneipen, an den Be- und Entladestellen, Zollhöfen, Tankstellen usw., usw. Den breitesten Raum nimmt dabei das Thema „Ficken" ein. Wenn du den entsprechenden Kollegen hast — und das ist die Regel — kannst du das schon nach einer Stunde nicht mehr hören. Die ganzen Lügengeschichten und Männerphantasien von den reichen Frauen, die so wahnsinnig geil auf deinen Schwanz sind, mit offener Bluse an der Straße stehen, dich in die Koje zerren, während der Fahrt deinen Pimmel lutschen und obendrein noch Geld dafür zahlen. Kaum eine Frau, die aus der sicheren Fahrerkabine heraus nicht angepöbelt wird, auf deren „Fick-Eignung" nicht hingewiesen wird. Da steckst du als Mann in dieser Männergesellschaft auch drin, erkennst dich wieder, erhältst dir dein gutes Gewissen, da du ja viel zärtlicher, rücksichtsvoller und was-weiß-ich-noch bist; dann schämst du dich wieder, Mann zu sein, ein Würstchen unter noch größeren Würstchen.

Ich weiß nicht, was alles in deiner Birne zermatscht, wenn du das über Jahre machst; eine kaputte oder keine Beziehung zu Hause und „King-of-the-Road" in deinem stählernen Käfig. Ich weiß nur, wie es mir gegangen ist, als ich wochenlang im internationalen Fernverkehr unterwegs war,

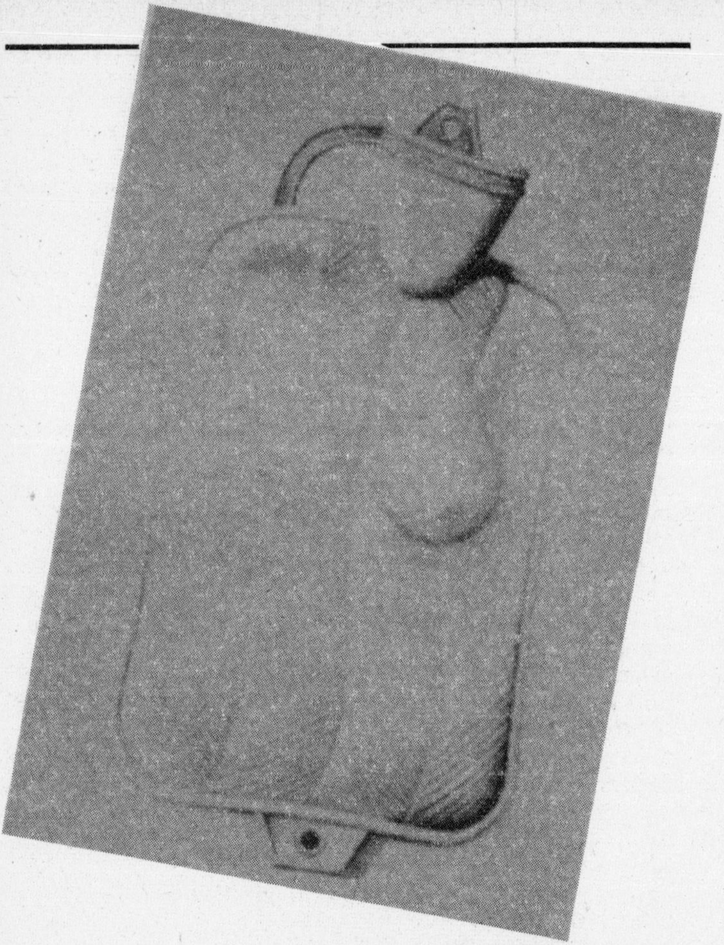

Grafik: Heinz Diesel

ohne mal wieder nach Hause gekommen zu sein: da wurde meine Sehnsucht nach Frauen, nach zärtlichen Wesen unerträglich. Ich konnte diese Männeraufschneidereien in den Zollkneipen nicht mehr ab. Ich wollte mit einer Frau sprechen, träumte davon, mich an sie zu schmiegen. Das war damals in Madrid. Ich habe den Frauen nachgeschaut und daß kein Auffahrunfall draus geworden ist, ist ein Wunder.

Noch heute könnte ich schwören, in Madrid liefen die „tollsten“ Frauen herum. In Madrid hab' ich mir dann geschworen: jetzt nimmst du nur noch Frauen mit, du willst mit Frauen sprechen. Bis dahin hatte ich immer alle Tramper der Reihe nach aufgesammelt, bis keiner mehr reinpaßte. Als ich aus Madrid rausfuhr, bin ich dann an den vielen Trampern vorbeigefahren. Richtig schäbig kam ich mir vor; ich traute mich überhaupt nicht, ihnen ins Gesicht zu sehen, sondern habe verstohlen zur Seite geblickt. Dann war'ne Ampel rot. Ich mußte halten und da standen auch welche. Da konnte ich dann nicht mehr vorbeifahren. Die hab ich mitgenommen. Der Bann war gebrochen und von da an bis heute nehm' ich wieder der Reihe nach alle mit, die an der Straße stehen.

Von Madrid ging's damals nach München und dann mehrmals die Strecke München-Großmarkt — Jugoslawien (Pflaumen laden). Das war bitter, denn ich wollte mal wieder ein Wochenende im Ruhrgebiet und nicht auf der Landstraße in der Koje bei glühender Hitze verbringen. Meine körperliche Sehnsucht nach Frauen wurde auch immer stärker. Da bin ich dann in Schwabing mehrmals ums Puff gelaufen, habe mich aber nicht getraut reinzugehen. Das hört sich jetzt brutal an, aber so war's.

Manche Fahrer müssen solch einen Horror vor ihren Familien haben, daß sie die Rückfahrt in die Länge ziehen und froh sind, wenn sie Sonntag abends wieder rausfahren können. Der Ewald, etwa, mit dem ich mal zusammen gefahren bin, der mußte immer kurz vor unserem Standort halten und schlafen; mit der Begründung, es sei doch viel schöner, ausgeschlafen nach Hause zu kommen. Lieber komm' ich doch Freitag nacht nach Hause, wenn auch übermüdet, zu meiner Freundin, die ich liebe, als Samstag morgen.

Manche Fahrer hatten sehr dicke Frauen zu Hause. Irgendwie hab' ich das immer als Kreislauf empfunden. Die Fahrer hatten keine Lust, nach Hause zu ihrer dicken Frau zu kommen, (lieber sind sie nach der Arbeit noch in die Kneipe gegangen), die Frau hat die ganze Woche auf ihren Mann gewartet und sich wahrscheinlich vor dem Fernseher die Schachteln Pralinen und Chips undundund reingezogen. Häufig haben wir bei einem Großunternehmen, für das wir sehr viel gefahren sind, in der Kantine gegessen. Da waren überwiegend Frauen beschäftigt. Da haben dann die gleichen Fahrer, die mit den dicken Frauen, gemeine Witze über die dicken Arbeiterinnen gemacht oder zumindest mitgelacht. Das war so unmenschlich. Da ging's nicht um Menschen, sondern um Formen. Ob die Fahrer sich selbst für eine gelungene Form hielten mit ihren Bierbäuchen?

Achim Erbslöh

aus ID Nr. 269, 17 Februar 1979

GEWINN AM NACHMITTAG

Ich investiere
Gefühle.
Wir tauschen
Zärtlichkeiten
aus:
Du bist für mich
ein echter Gewinn!

Gerald Jatzek

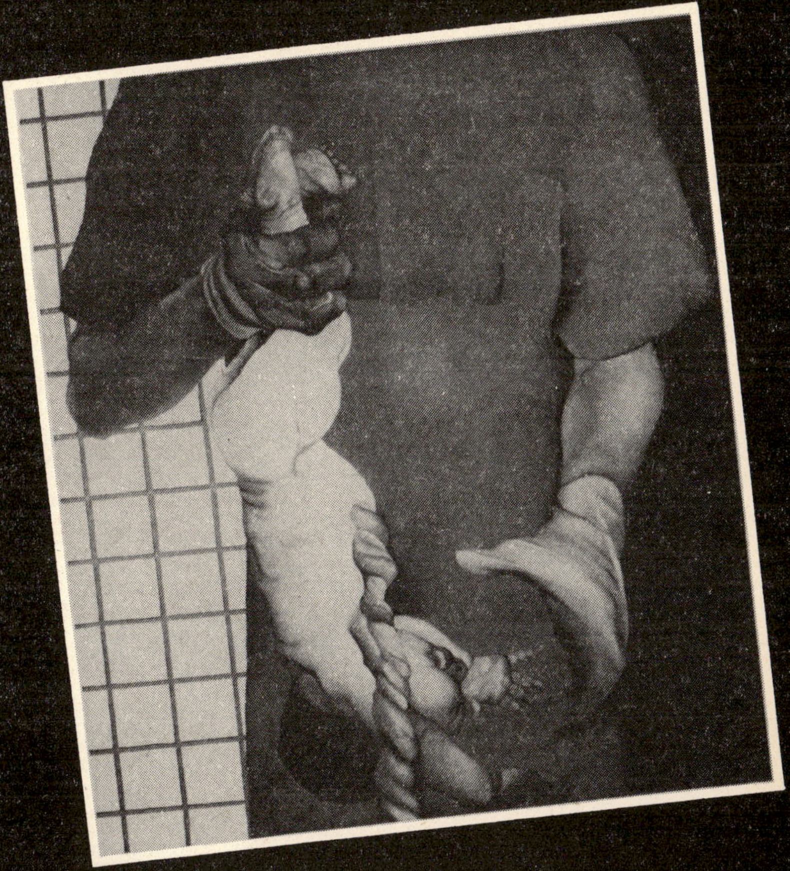

LEBENS STATIONEN

ERST DIE STÄNDIGEN FRAGEN

Erst die ständigen Fragen
der Tanten und Onkel
ließen es mir wichtig erscheinen,
ein Junge zu sein.

Bald darauf
begann ich mich dafür zu genieren,
für ein Mädchen
gehalten zu werden.

Gerald Jatzek

EIN TAG, WENN ICH GANZ REICH WÄRE

Ich fahre mit einem golden Cadillac mit Perlmutterdach zum Flughafen und fliege mit einer Boing 747 nach New York. Ich kaufe mir eine Kawasaki mit Holzrädern. Mit der Kawasaki fahre ich in die Shopping City Süd und kaufe mir Humanic Schuhe und Wranglerjeans und Agip Sint 2000 Motoroil für meinen goldenen Cadillac. Rex Multioil ist für die Türen sehr wichtig. Ich stecke mir eine John Player Special Cigarette an und gehe in das beste Restaurant und bestelle mir Kaviar und Champagner. Sobald ich das gegessen habe, gehe ich zur Badermeinhofbande, hole mir eine Atombombe und sprenge ein altes Vogelhaus. Das Vogelhaus gefiel mir nicht. Eine Automatikpistole ist wichtig, denn ich will eine Mücke erpressen. Die Mücke ist feige und setzt sich in einen Brabham mit Semperitreifen von einem Traktor. Ich fahre ihr mit einem Puch Dreirad nach, mein Winchestergewehr ist bei mir. Das Fadenkreuz habe ich genau auf die Mücke gerichtet. Doch da, sie ist es gar nicht. Sie hat einen Komplizen. Ich gebe es auf. Ein bißchen Geld verschenke ich. Es bekommt ein armes Nilpferd. Jetzt habe ich einen Riesenhunger. Ich kaufe mir einen Kilo Speck und das Geld ist wieder weg.

Klaus E.,12 Jahre alt
aus ZB, Nr. 21 1978

FUCK YEAH!

Mit fünf Jahren schnitt er sich an der gerade erst angeschafften Brotschneidemaschine den linken Daumen ab. Das blutete sehr. Aber er biß die Zähne zusammen, so fest er nur konnte, und unterdrückte die Tränen. In diesem Fall war er sehr tapfer.

Mit sechs wurde er von seiner Mutter in der Küche beim Wichsen erwischt. Sie wurde durch seine Wichserei sehr verunsichert und drohte, daß sie ihm das "Ding" abschneiden würde, wenn er "es" nochmal probieren sollte. Er lachte, kletterte auf den Kühlschrank, auf dem die Brotschneidemaschine stand, holte sein Ding heraus, legte sich quer hin und alle Anzeichen deuteten darauf hin, daß er das nun selbst besorgen wollte. Er fragte noch:"So? ", aber da hatte seine Mutter schon ihren Schock überwunden, sprang zum Kühlschrank, packte ihn und riß ihn von der unseligen Maschine fort - bewahrte ihn vor einer wahrscheinlich sehr schmerzhaften Selbstkastration. Hatte er sich ein zweites Mal - dieses Mal bewußt - selbst beschädigen wollen? Oder war es nur ein makabrer Spaß seinerseits, inszeniert, um seiner Mutter ein für allemal das Einflußnehmen auf sein Wichsen abzugewöhnen? Wenn sie ihn später dann beim Wichsen antraf, bekan sie natürlich jedesmal einen Schrecken - Mütter sind nun mal so - , aber nie wieder drohte sie, ihm das "Ding" wegzuschneiden. Sie traute sich kaum noch, ihm zu sagen, daß er "es" doch bleiben lassen sollte, zumindest in ihrer Nähe. Der Schrecken, daß ihr einziges Kind sich einmal auf eine ihrer diesbezüglichen Bemerkungen hin selbst hatte kastrieren wollen, saß zu tief und hemmte sie in der Durchsetzung ihres Erziehungsideals: sie wollte ihn zu einem sauberen Menschen erziehen. So verbrachte er also eine glückliche Kindheit, konnte tun und lassen, was er wollte.

Die Probleme kamen dann in der Pubertät. Als er eines Tages ausriß und sich hundert Kilometer von zuhause weg in München mit Mundharmonikaspielen durchbringen mußte, lief ihm ein junger Amerikaner über den Weg. Und dieser Ami war schon ein Ding: er war auf Weltreise, erzählte der. Er habe sich in Südamerika rumgetrieben, bevor er nach Europa geflogen sei. In Yucatàn hatte er in einem billigen Hotel gewohnt. Da war er zum Pilzesammeln gegangen und er kannte sich aus mit den dortigen Pilzen und dann hatte er den Typen, die er in dem Hotel kennengelernt hatte - alle so jung wie er - aus dem Zeug ein Gericht gekocht und es ihnen vorgesetzt und alle hätten es gegessen und am Schluß wären sie total high gewesen - Höchststimmung! Dieser Amerikaner nun sah so aus, als wäre er tatsächlich schon um die halbe Welt gereist: die Schuhe hatten kein Profil mehr, der lederne Hut war verdreckt, das T-Shirt war fleckig, die Hose um die Hälfte gekürzt, sein Bart lang und sein Gesicht ausgezehrt. Und er sagte: I'll kill you!, und zog sein Messer. Aber es war ja nur ein Witz. Verrückt war der Ami schon: er war jetzt ein Dreivierteljahr allein auf Weltreise. Da mußte man ja ausflippen.

Diese Begegnung beeindruckte ihn dermaßen, daß er überlegte, ob er wohl wieder heimfahren sollte. Er wollte nicht so werden wie der Ami, das sah er plötzlich ganz klar: er wollte nicht zum Witzbold und auch nicht zu einem ausgeflippten Irren werden! Deshalb mußte er nach Hause zurückkehren, was er auch tat. Der Vater, ein ehemaliger Nazi, schmierte ihm gleich eine, die Mutter fing von den Nachbarn an und was die sich wohl jetzt dachten über sie, er versuchte nachzudenken, was ihm aber angesichts des Wahnsinns, der ihn umgab, nicht gelang. Er haute sich ins Bett.

Am nächsten Tag ging er wieder zur Schule und seine Klassenkameraden hielten ihn für einen Hund.

Von nun an versuchte er's auf die ganz coole Tour. Er ging zum Scheißhaus, zog sich eine Packung billiger Pariser, ging dann wieder auf seinen Platz in dem Schüler- und Sportlerwirtshaus zurück und versuchte, einen Pariser in der Öffentlichkeit aufzublasen. Da auch Mädchen anwesend waren, fielen einige seiner Kameraden vor Lachen unter den Tisch, er aber erhielt Lokalverbot. Seine Eltern erfuhren von dem Vorfall und er bekam von seinem Vater eine geschmiert und die Mutter klagte darüber, was denn nun die Lehrer wohl denken mochten über sie. Er dachte: zuhause werde ich ernstgenommen, denn da lacht niemand über mich, von meinen Klassenkameraden nicht, die lachen sich über mich kaputt. Welch gutes Zuhause ich nur habe! Und er legte sich in sein Bett.

Nun, die Lehrer taten so, als wüßten sie nichts von der Geschichte mit dem Pariser, obwohl sich das natürlich besonders in ihren Kreisen recht schnell herumsprach, fühlten sie sich doch als Hüter und Wahrer der Moral der Jugend und waren darum besonders geil auf unmoralische Stories. Er war jetzt der Größte bei seinen Mitschülern und wollte gern mal Partnertausch machen. So suchte er sich seine erste Freundin - zum Tauschen ist ja immer erst ein Tauschobjekt Vorraussetzung. Die war aber so frigid, daß es sie sausen ließ, als ihn gerade einmal der gerechte Zorn überkam. Dann ging er in das Wirtshaus und fragte den Wirt, wie lange das Lokalverbot noch gelten würde. Der sagte: ein halbes Jahr. Er bedankte sich höflich für die Auskunft und beschloß, sich ein Mofa kaufen zu lassen. Er wartete einen Monat, den er absolut tatenlos zubrachte und fragte seinen Vater, als der gerade mal guter Laune war, ob er ihm ein Mofa kaufen würde. Der Vater kaufte ihm das Mofa. Er fuhr von jetzt ab - das hatte den Vorteil, daß er nicht mehr gehen mußte, und den Nachteil, daß er eine absolut lächerliche Figur auf dem Mofa abgab. Er wollte aber auf keinen Fall zur Belustigung der anderen dienen und er sann auf Abhilfe. Da sein Gehirn den Dienst verweigerte, als er sich vorstellte, er sollte all die Wege, die er gehen mußte, wieder zu Fuß zurücklegen, denn das war die einzige reale Alternative, blieb es beim Mofafahren.

Nun war in der Schule ein Filmclub gegründet worden, eine Kamera war vorhanden und es wurden Schauspieler für einen noch zu drehenden Film ungewissen Inhalts gesucht. Er meldete sich. Da kann ich den Leuten endlich beweisen, daß ich kein Spinner bin, dachte er. Leider entsprang aus dem Unternehmen nichts Gutes, sondern ein anarchistisches, geschmackloses, provokatives Machwerk. Nach der Vorführung vor versammelter, vorher feierlicher, nachher entzückter, lachender Schülerschaft, nachher zensierender Lehrerschaft, wurde allen Beteiligten am Film ernsthaft der Hinauswurf aus der Schule angedroht, insbesondere ihm, da er auch schon früher unangenehm aufgefallen war.

Da er ein guter Sportler war - er war der schnellste Läufer an seiner Schule - , steckte er die Schelle, die sein Vater ihm verpaßte, ein ohne mit der Wimper zu zucken. Die Mutter sagte: da haben wir es. Er dachte: meine Mitschüler haben immer, wenn ich auf der Leinwand erschien, gelacht. Die Lehrer nicht. So werde ich also außer von meinen Eltern auch noch durch meine Lehrer ernstgenommen.

Weil er sich nun etwas hüten wollte vor neuen Lächerlichkeiten, suchte er sich ein Hobby, das ihn Tag und Nacht verfolgte und langweilte: die Jagd auf imaginäre Ratten. Ein Vierteljahr sann er darüber nach, wie er imaginäre Ratten produzieren sollte. Dann kam er auf die Idee, nicht mehr zu schlafen und nicht mehr zu essen. Er verwirklichte diese Idee. Da seine Eltern für einige Tage das Haus verliessen, fiel es niemandem auf. Nach 76 Stunden sah er die erste Ratte. Sie kroch an der Decke entlang. Nun machte er sich auf die Jagd nach der Ratte. Und nebenher produzierte er laufend neue Ratten. Da er sie immer dann nicht mehr sah, wenn er glaubte, sie gefangen zu haben,und darüber enttäuscht war, keinen Erfolg seiner Bemühungen - nämlich tote Ratten - zu sehen, kam er auf die Idee, imaginäres Rattengift zu produzieren. Das gelang. Die Ratten vermehrten sich zufälligerweise gerade wahnsinnig und fielen in solchen Mengen auf das Gift herein und zu Boden, daß ihm schwindelig wurde und er sich schlafen legte. Als er aufwachte, waren seine Eltern schon zurück und ein zweites Vierteljahr verbrachte er in der Hoffnung, daß seine Eltern wieder einmal fortfahren würden. Das taten die aber nicht. Er war in dieser Zeit ziemlich apathisch und wollte nur noch eines: tote Ratten sehen.

Er überwand diese pubertären Auswüchse, aber nicht aus eigener Kraft: ein neues Schuljahr hatte begonnen und die Androhung auf Entlassung galt nicht mehr. In die nächsthöhere Klasse hatte er trotz seiner Lethargie kommen können, weil er ziemlich intelligent war, außerdem hatte er mehr Glück als Verstand. An dem Tag, an dem er beschloß, die Ratten zu vergessen, mußte er ausgerechnet wieder daran denken, wie er seinen linken Daumen verloren hatte. Da kam ihm die Idee, sich politisch zu engagieren. Er besorgte sich eine Schere und stach den Politikern der CSU in die Augen, wenn er sie von Wahlplakaten herunterglotzen sah. Es war ja gerade Wahl. Er besuchte auch einige Veranstaltungen politischer Natur, mit dem Ergebnis, daß er dort ein Mädchen kennenlernte, das wie er auf Partnertausch geil war. Und sie wurde seine Freundin. Nun begann die Suche nach einem anderen Paar, das dasselbe wollte. Diese Suche gab er aber bald auf, weil er sah, daß er für einen Spinner gehalten wurde. Er wollte aber nicht als Spinner gelten. Nun mußte er sich also auf den Geschlechtsverkehr mit der eigenen Freundin beschränken. Das artete dann langsam zu einer einzigen Perversion aus.

Da er aber noch nicht ganz im Arsch war, verfolgte ihn immer noch etwas, nämlich die Unterdrückung durch seine Eltern, was ihm insofern gut bekam, als er sich im allgemeinen nicht selbst unterdrücken mußte. Eines Tages nun stellte er fest, daß er sein ganzes Leben auf einen Trugschluß aufgebaut hatte: er glaubte, daß seine Eltern ihn ernst nahmen! Sie nahmen ihn ja gar nicht ernst - sie unterdrückten ihn ja! Hielten ihn für unmündig! Und da es gerade Nacht und er betrunken war, beschloß er, sich zu wehren: Er zerschlug mit einem Eisenstück, das er in einem Hinterhof fand, einen Kaugummiautomaten. Die Bewohner des Hauses, an dem der Kaugummiautomat hing, verständigten die Polizei, aber er hatte Glück und konnte seinen Freunden und Helfern entkommen.

Er glaubte an gar nichts mehr. Auch stellte er fest, daß es bergab ging mit ihm: er wurde älter, als er werden wollte. Deshalb beschränkte er sich von nun an darauf, die Schule hinter sich zu bringen. Als er das geschafft hatte, gab er eine Kontaktanzeige in einem dieser linken schweinischen Blätter auf, in der stand, daß er und seine Freundin ein

Paar zwecks gemeinsamer Freizeitgestaltung suchten. Sein alter Traum ließ ihm nun keine Ruhe mehr, obwohl er inzwischen schon zum Erwachsenen geworden war. Immer noch suchte er seine Freundinnen nach dem Motto aus: haste Lust auf Partnertausch, biste was. Nun kam so ein Treffen tatsächlich zustande und es wurden tatsächlich die Partner getauscht. Leider überfiel ihn sein riesiger Kastrationskomplex, von dessen Existenz er bisher nichts gewußt hatte, und es gelang ihm nicht, den Geschlechtsverkehr mit der fremden Partnerin ordnungsgemäß zu vollziehen. Schuld am Ausbruch des Komplexes war die Erfüllung seines alten Wunsches nach Partnertausch. Durch die Verwirklichung seines größten Wunsches wurde ihm bewußt, wie fad das Leben doch war. Weil ihm die Langeweile des Lebens in aller Deutlichkeit klar wurde, bekam er plötzlich Angst um sein Ding, seinen einzigen Glücksspender.

Von nun an widmete er sich der Freundin, die beim Partnertausch mitgemacht hatte, in ausschließlicher Weise, da er aus Erfahrung wußte: sie würde ihm seinen Pimmel nicht abschneiden. Da er befürchten mußte, daß sein Kastrationskomplex erneut akut werden könnte, wenn er wieder mal Partnertausch machte, gab er sein bisheriges Lebensziel auf und widmete nun sein Leben der Suche nach einem anderen. Das wurde ihm aber bald zu philosophisch und er suchte sich einen anständigen Beruf. Er wurde ein freischaffender Künstler: ein Lebenskünstler. Er schickte seine Freundin auf den Strich, was die sich auch ohne weiteres gefallen ließ, weil sie auch nicht arbeiten wollte. Dieses tatenlose Leben gefiel ihm aber überhaupt nicht und er unternahm etwas. Er kaufte sich Gift und vergiftete einige Hunde, was die Hundebesitzer sehr störte. Da er es aber bei Nacht und Nebel tat, wurde er nicht gefaßt. Er ließ es dann auch bald wieder bleiben.

Seine Mutter starb und er mußte zur Beerdigung gehen. Der Leichenschmaus schmeckte ihm gar nicht und er kotzte seinem Vater die Glatze voll. Er bekam eine geschmiert und dachte sich: was sollen nur die Leute denken?

Die Ohrfeige seines Vaters bewirkte Veränderungen in ihm, die niemand, der ihn kannte, mehr erwartet hätte. Er überlegte, daß er seine Freundin auch nicht ewig auf den Strich schicken konnte, irgendwann würde es ihr zu blöde werden und sie ihm davonlaufen und dann würde er dastehen ohne Beruf und Einkommen. Auf ersteres hätte er zwar gerne verzichtet, da es aber die Vorbedingung für letzteres war, nahm er es eben auf sich. Er überlegte hin und her, was er werden wollte, und da er gar nichts werden wollte, aber etwas werden mußte, sagte er sich: ich geh heute um Mitternacht in irgendein Wirtshaus und frage den erstbesten Besoffenen nach dem Beruf, bei dem man am wenigsten zu tun hat.

Der erstbeste Besoffene meinte: Fabrikbesitzer. Er wies ihn zurecht, daß das doch kein Beruf sei. Das leuchtete dem Besoffenen auch ein und der sagte dann: wie wär's mit Lehrer? Er sagte sich: warum nicht?

Er studierte, und zwar katholische Religionslehre und Latein. Da war er nämlich in der Schule immer so gut gewesen in diesen Fächern. Und als er die Universität hinter sich hatte und auf die Schule losgelassen wurde, da bekam er auch trotz des Lehrerüberschusses eine Anstellung, nachdem er seine Zeit als Referendar abgerissen hatte, denn Lateinlehrer und Religionslehrer sind immer gefragt.

Als auch sein Vater starb, gab er sich als Buße für seine bösen Gedanken, die er gegenüber seinem Vater hatte, auf, sich jeden zweiten Abend von seiner Freundin eine schmieren zu lassen. Das geilte ihn sehr auf. Nach dem Tode seiner Mutter sagte er ja schon bekanntermaßen jedesmal nach vollzogenem Geschlechtsverkehr oder nachdem er gewichst hatte: was sollen nur die Leute denken?

Hans

WUT IN DEN KNIEKEHLEN

Ich erinnere mich an dich,
an die allsonntäglichen Bergtouren mit dir,
bei denen ich weinte, wenn ich nicht mehr weiter konnte,
an die Kinobesuche an Feiertagen
bei denen du dir selbst die Wahl überließt,
welche Filme mir zu gefallen hatten,
an die alltäglichen zynischen Bemerkungen,
wenn ich versagt hatte in deinen Augen,
und an die Schläge, die unvorhersehbaren,
nach denen ich mich im Klo einsperrte
und mit den Fäusten gegen die Wand trommelte.

Ich erinnere mich an dich,
ich war acht, als du meine Mutter heiratetest,
und vierzehn, als ihr euch scheiden ließt

Ich erinnere mich an dich,
immer wenn mir ohne daß ich es will,
die Wut in die Kniekehlen steigt
und in den Hals,
und wenn dann nicht du da bist,
sondern irgendwer,
den
oder die
ich eigentlich gern haben möchte.

Gerald Jatzek

DAS NEUE LEBEN — FÜR WEN? FÜR UNS ALLE?

Ich bin zurückgekehrt von einer Urlaubsreise nach Korsika, die ich mit einem Freund unternommen hatte. Claudia und ich hofften, dadurch vielleicht auf die Lösung einer unserer vielen kleinen Ehekrisen zu kommen. So könnte es in einem Klischeeroman zu lesen sein. Die Wiedersehensfreude ist groß: Eine riesige Roulade erwartet den ausgezehrten Heimkömmling. Wir schlafen wieder öfter zusammen, als es in letzter Zeit üblich war. Die Trennung lehrt uns, uns wieder zu schätzen. Vor allem auch körperlich. Ich glaube, wir lieben uns wieder.

2. Einige Wochen später. Claudias Tage bleiben aus. Ist es eine Schwangerschaft? Schon mehrmals stellte sich diese Frage, seit Claudia die Pille nicht mehr nimmt. Der Gedanke daran erweckte in uns damals immer gemischte Gefühle. Seit einiger Zeit aber wollen wir ein Kind und werden uns darauf freuen. Besuche beim Arzt, und in der Apotheke werden Früherkennungstests geholt, bis es gewiß ist: In absehbarer Zeit wird ein dritter Mensch sehr eng mit uns zusammenleben (müssen).

3. Ein bedeutsames Ereignis steht bevor. Viel Rücksicht soll genommen werden — warum jetzt erst? — Glaubt man den schicken Zeitungen für fortschrittliche Eltern, dann soll eine schwangere Frau überhaupt nichts mehr tun (damit ist zugleich sichtbar, welche soziale Zielgruppe ange-

sprochen wird), nur noch liegen, Ruhe, Ausgeglichenheit, Vorsicht. "Gnä' Frau, jetzt kommt die schönste Zeit ihres Lebens, bittschön. Hüten Sie die Leibesfrucht jetzt!" Die aseptischen Hygienefanatiker in den Gazetten und Büchern (freilich gibt es auch Ausnahmen) für Eltern bringen uns tatsächlich fast zum Kotzen. Immerhin regt mich der ganze mutterideologische Rummel zu einem ironischen Gedicht an.

4. Wir leben normal weiter. Eigentlich sollte ich besser sagen: Ich lebe normal weiter. Denn stimmt Claudia dem zu, was ich schreibe? Ich berichte eben nur so, wie ich die folgenden Dinge wahr- oder falschnahm: Wir machen Urlaub in Spanien mit dem Caravan. Sechs Wochen. Der Hund schleppt nach wie vor seine lieben Bakterien an das arme Ungeborene heran. Das verklärte. Das mystifizierte. Das Genie. Das irrationale. Das "als wärs ein Stück von mir." Die Samenfäden tanzen plötzlich Tango. Leidet Claudia? Der Leib wird dicker. Ihre Schönheit gewinnt eine andere Dimension.

5. Zum ersten Mal in meinem Leben gehe ich mit zum Frauenarzt. Dennoch kann ich nicht nachvollziehen, wie entwürdigend es sein muß, sich vor einem fremden Subjekt offen darzutun. Ich glaube, daß ich vieles lerne und "irgendwie besser Bescheid" weiß. Und daß es Claudia ein wenig hilft. Anschließend Besuch bei der Hebamme. "Steißlage". Das klingt gefährlich. Ich weiß aber mit der Gefährlichkeit, die in diesem Begriff steckt, nichts Rechtes anzufangen. Trost kommt: "Ihr Becken, Frau . . . ist groß genug. Es wird keine Schwierigkeiten geben." Wir wollens glauben.

6. Claudia möchte das Kind in einer Praxis entbinden und dann mit nach Hause nehmen. Mir gefällt die Idee. Wir gehen also zum "Meister". Er ist freundlich, schütterer Bart. Wortkarg. Aber wir haben — deshalb? — Vertrauen zu ihm. Keine großen Gedanken sonst in der Zeit der Schwangerschaft. Das Neue ist noch nicht vorstellbar. Vita nuova — das neue Leben. Für wen? Für uns alle? Geburt — neu — leben. Fetzen von begonnenen Gedanken wirbeln durch den Kopf. Wie sie zusammenbringen? Ist das die Nervosität, die Angst vor dem Neuen?

7. Ein Schneemorgen, dem ein langer Märchenschneeabend vorangegangen ist: In der Nacht setzten die Wehen ein. Zö-

gernd erst. An Schlafen ist nicht mehr zu denken. Wir erwarten mit Spannung die jeweils nächste zwanzigste oder fünfundzwanzigste Minute, zumal das Wesen schon länger in Claudias Leib wohnt als erlaubt. Die Abstände verringern sich. Um fünf in der Frühe ruft Claudia Frau Hebamme an, die meint: "Warten Sie ruhig noch, es hat Zeit, morgen früh, dann kommen sie in die Praxis." Die Abstände verringern sich. Claudia leidet. Ich sage, daß ich vielleicht noch in die Schule gehe, weil ich denke, es ist noch Zeit. Dann aber ist der Schneemorgen da. Es dämmert. Immer kürzer werden die Pausen zwischen den Wehen. Der zweite Anruf bei Frau Hebamme. "Dann fahren Sie mal los".

8. Das Auto wird vom Eis befreit, und ich kann jetzt den Geburtsort unseres Nachkommen ansteuern. Wie Tränen läuft das Tauwasser an den Fenstern herab und hinterläßt lange Schlieren. Ich kann nur langsam fahren. Claudia stöhnt in immer kürzeren Abständen. Es ist spiegelglatt draußen. Wo gestreut ist, schießen uns die voranfahrenden Autos den Matsch vor die Scheibe. Man kann kaum noch etwas sehen. Und innen zittere ich. Links und rechts die Riesenlaken der Felder. Wochenbetten. Schließlich geraten wir in den Kleinstadtstau und sind nach fünf weiteren Minuten in der Praxis. Der Glückwunsch der Polizei für einen neuen, hoffentlich störrischen Staatsbürger unserer Republik wird ein Strafzettel über 5,- DM wegen falschen Parkens sein, der mir später wieder erlassen wird, als ich die Geburt als Grund für die Sünde angebe.

9. Die Praxis I (grau ist alle Theorie).

Vor der Geburt. Claudia liegt auf dem Bett, die Wehen häufen sich. Wo bleibt das Schöne, Wahre, Gute beim Geburtsakt, ihr glanzpapiergelackten Eltern— und Frauenzeitschriften? Ich muß an den Babykurs denken, an den letzten Abend dort: Der Chefarzt der Frauenabteilung nimmt — mit Gattin — persönlich teil. Die Gattin — eine ältliche Dame, elegant — genießt es sichtlich, für ihren Gatten mitgefeiert zu werden. Devot die Leiterin des Babykurses, die doch sonst so forsch auftrat. Gott hat jedoch gute — väterliche — Laune mitgebracht. "Ich bin ja eigentlich gegen das ganze moderne Zeug, wie 'rooming in' " — allein der Ausdruck scheint ihn mit Abscheu zu erfüllen — "oder gar die Anwesenheit der Väter bei der Geburt, aber wir müssen in dieser Gesellschaft flexibel bleiben und uns an neue Forderungen anpassen. Väter dürfen (sic!) also seit neuestem auch in unserer Klinik bei der Geburt dabeisein. Aber, meine Herren, es ist gewiß kein schöner Anblick." Mich ärgert die ganze Argumentationsweise maßlos. Hier knüpft einer, der aufklärend wirken könnte, mit am Teppich der Mystifikation des Geburtsaktes. Anschließend der Film, der eine Geburt zeigen soll — exklusiv von und für "Milupa" gedreht! Eine Dame der Firma wird den Film auch vorführen und die Produkte der Firma anpreisen (informieren nennt man das, glaube ich). Und prompt kommt die Frage eines werdenden Vaters, der dabei ist, zu erbleichen: "Herr Doktor, haben Sie auch Kognak mitgebracht, falls es uns schlecht wird? "Hoho", lacht da Gott schallend, "so schlimm wird es nicht." Es ist schließlich eine Milupageburt, denke ich. Und die ängstliche Frage einer werdenden Mutter, ob es denn "ratsam ist, den Mann bei der Geburt dabeizuhaben", beantwortet die Schwester Elternaufklärerin hastig, bevor Gott ansetzen kann, mit dem Satz: "Wenn Sie es sich zumuten, während der Geburt ihren Mann leiden zu sehen, dann nehmen sie ihn mit." Gott nickt wohlwollend, ernst, bedächtig, zustimmend diesem Gipfel ideologischer Perversion, die das physisch leidende Subjekt auch noch in die Qual des Zweifels, des schlechten Gewissens sendet, und das eigentlich stabilisierende Subjekt, dessen bloße Nähe ja eine Hilfe sein soll, zum Leidenden erklärt, sehr zum Wohlgefallen einiger meiner Geschlechtsgenossen, denen es gerade recht kommt, daß diese Thesen von einer Frau formuliert werden.

Gebären ist Todesnähe, ist Leiden, diesen Eindruck vermittelt mir das Erlebnis des Geburtsaktes, der ja länger dauert als den Augenblick, in dem das Baby mit Kopf oder Arsch in die Welt hinausblickt.

10. Die Praxis II

Die Geburt. Ich habe ein Exemplar meiner Tageszeitung mitgenommen und ein Buch "Märchen deutscher Dichter", aus dem ich Claudia vorlesen möchte, falls die Zeit uns zu lang wird. Man weiß nicht genau, wie lange sich der neue Erdenbürger im Himmel des Mutterleibes aufzuhalten gedenkt.

Aber es kommt nicht mehr zum Vorlesen. Während die Wehen in immer kürzeren Abständen Vorahnung vom Ereignis gewähren — ab und zu blickt die Sprechstundenhilfe ins karge, nüchterne Zimmer und legt Claudia ein feuchtes Tuch auf die Stirn — der Meister ist im Raum nebenan mit einer anderen Aufgabe befaßt — schlittern aus der Pforte, die den Gang ins Leben ermöglicht, gelatineartige rote Brokken und gleiten auf dem geplätteten Fußboden dem Abfluß entgegen. Ich glaube, man nennt das Schmierblutungen, ich denke indessen eher an Himbeer- oder Erdbeergelee oder Götterspeise. Auf keinen Fall sieht 'das da' ekelhaft aus, nur der Name dafür ist ekelhaft. Dann kommt der große Augenblick. Mit schier unbändigem Schmerzensschrei fängt Claudia an zu pressen. In immer kürzeren Abständen. Selbst der Meister ist überrascht, daß es so schnell geht. Offenbar hatte er noch nicht damit gerechnet, denn die Arbeit an der anderen Patientin hat er noch nicht beendet. Die Natur aber erzwingt ihr Recht. So muß er ständig zwischen zwei Räumen hin und her rennen. Bis es wirklich soweit ist: Die folgenden Vorgänge kann ich nur mühsam rekonstruieren. Aus der Mitte Claudias dringt allerlei hervor. Der Meister trägt Gummihandschuhe. Er schneidet. Er zieht. Zwei Helferinnen kümmern sich um Claudia (Frau Hebamme wird zu spät kommen). Dann kommt der Befehl des Meisters: "Jetzt alle mit Macht auf den Bauch drücken!" Mit aller Kraft drücke und quetsche ich den geplagten Leib Claudias. Sie schreit. "So gehts aber nicht, Mädchen", brüllt der Meister gegen die Brandung des Schmerzes, "schön ruhig atmen!" Für ein paar Sekunden findet Claudia die Besinnung und versucht, sich zu beherrschen. Was heißt eigentlich: Sich be<u>herr</u>schen? Dann über<u>mann</u>t der Schmerz wieder den leidenden Körper. Und .... Der Kerl ist da. Es ist ein künftiger Mann. Er schreit sofort. Diesen Moment hat Claudia nicht wahrgenommen; das sagt sie mir nachher. Dem kleinen Häuflein Mann wird der Nabel, der ihn an die Mutter bindet, durchtrennt. Es wird eingewickelt und bäuchlings auf einen Tisch gelegt. Es gibt Laute von sich. Ich sage mehrmals zu Claudia: "Du hast es geschafft, du hast es geschafft!" Sie ist erschöpft. Meine Gefühle in diesem Augenblick sind nicht mehr ausdrückbar. Ich glaube, die Sprache ist an ihre Grenzen gelangt. Für Minuten ist die Wirklich-

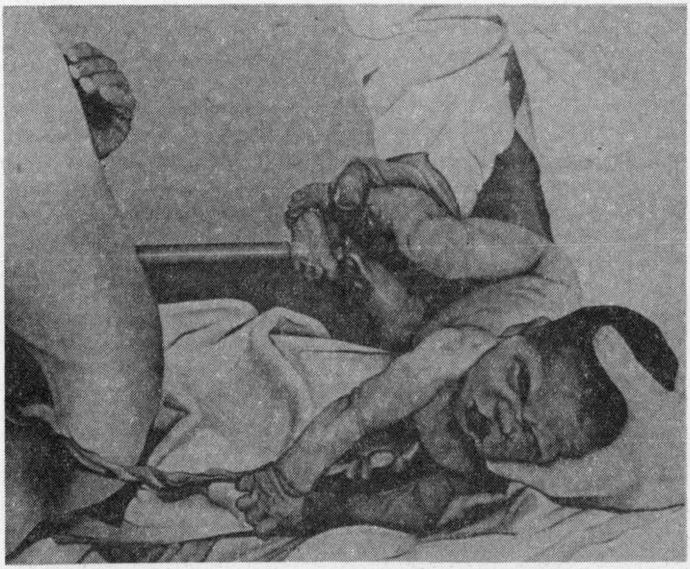

Illustration: Maina Miriam Munsky

keit aufgehoben. Nichts ist mehr abbildbar. Man läßt uns allein. Wie allein ist jetzt jeder von uns beiden?

11. Unsere Ruhe wird durch die Ankunft von Frau Hebamme unterbrochen. Auch sie war wie der Meister davon überzeugt, es sei noch genügend Zeit. Sie kann es nicht fassen, daß sie zu spät gekommen ist. Immer wieder handelt ihre Rede davon. Der Junge wird gesäubert, gebadet (?), der Mutter gezeigt und gegeben, dann wieder auf seinen Platz gelegt. Dann kümmert sich Frau Hebamme um Claudia und pflegt sie. Nach einer Weile drängt sich die Nachgeburt, ein riesiges Stück rohe Leber, ins Freie, landet auf den Steinplatten und wird zur Untersuchung aufgesammelt. Damit ist Claudias Schöpfungsakt vollendet. Zwei Stunden Ruhe. Glück? Für wen?

Der kleine Mensch wird schließlich in Alufolie gewickelt und ins Auto gebracht. Claudia wird von mir und den Helferinnen gestützt und zum Wagen geführt. Dann fahren wir langsam durch eine schmutziggraue Schneelandschaft nach Hause.

12. Veränderung I — sind das die Veränderungen? — das achtmalige Füttern? — die durchwachten Nächte? — das Warten auf den nächsten Schrei nach Nahrung? — der Schmerz, den Claudia erlitten hat, die Zeichnung des Schnitts? — die Aufmerksamkeit, die das Kind heischt? — der Geruch nach Creme und spätestens ab einer Woche nach Scheiße beim Wickeln? — die Abende zu Hause? — die neue Sinnlichkeit des Frauenkörpers? — die Verantwortung? — die Liebe? — und? — Vater sein: alt sein?

13. Ein Erlebnis, acht Tage später: Auf Grund eines schon lange feststehenden Termins bin ich mit einer Schulklasse eine Woche lang unterwegs. Ich sehe, wie sich die Jugendlichen ausgelassen verhalten und sich mit ihren Köpfen und Seelen ineinander verknallen bis zum Konflikt. Ich beobachte die Vorgänge, wie wenn ich einem Film beiwohnte, der mich unglaublich fasziniert: Ich möchte selber wieder in die Schule gehen, jung sein, mich in irgendwas verrennen, mich abstrakt verlieben können wie damals, nicht abgeschlossen sein, keine Erfahrungen haben, unglücklich sein und zugleich glücklich — ich merke es: Zu alledem darf ich nicht mehr fähig sein — der Gedanke, der übrig bleibt: "Irgendwie schaffen wir es schon." Und acht Tage später schiebe ich den Kinderwagen durchs synthetische Einkaufszentrum und habe dabei ständig den Klang eines Beatles-Songs im Ohr, der mich an "The Boxer" von Simon und Garfunkel erinnert, "I 've just seen a face." Und ich werde das Gesicht und den Song nie vergessen.

14. Veränderung II

Was ist die Abnabelung deines Kindes gegen deine eigene Abnabelung vom Elternhaus? Gegen das Ende der eigenen Schulzeit? Gegen die Einbettung in immer weitergehende Pflichten? : Wehr(ersatz)dienst. Das Studium: Noch einmal die trügerische Freiheit. Was bleibt Jahre danach davon? Heute mußt du schon beinahe das bereuen, was du damals gedacht und gehofft hast. Die ständige Einbindung in immer

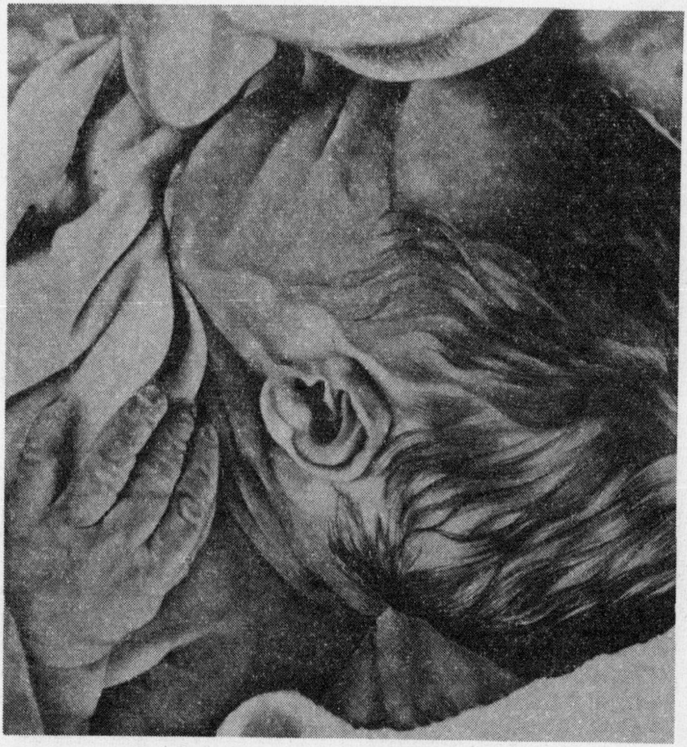

Illustration: Maina Miriam Munsky

weitergehende Pflichten: das sind deine Veränderungen! Dein Kind reiht sich nahtlos ein. Keine Angst, es wird schon sozialisiert werden. Dein Leben ist ein Kuchen. Stück für Stück schneidet man dir davon weg und türmt es frisch duftend vor dir auf: "Friß dich doch durch! Im schlimmsten Falle kannst du nur daran ersticken." Das neue Leben — vita nuova: Es hat begonnen.

Joachim Astemer

SOLO FÜR EINE BRÜCHIGE FRAUENSTIMME

Ich bin heute zweiundfünfzig geworden, aber man sieht es mir nicht an. Vor einer Woche erst hat mich mein neuer Parkbanknachbar - er heißt übrigens Hanne - gefragt, wieviel Jahre ich schon auf Rente ginge.

Dieser Hanne mit seinem nach Hund stinkenden, ewig kläffenden Köter ist allerdings kein Freund von mir, wenn er sich das auch hin und wieder einbildet. Er ist im Grunde notdürftiger Ersatz für den guten alten Willi Hohmann, der den letzten Winter nicht mehr verkraftete. Mit Willi konnte ich reden, der verstand mich.

Manchen Abend haben wir auf unserer Stammbank gesessen, prosteten dem Orion zu, machten Gott für alles verantwortlich, luden den Mann im Mond zum Skat um Zehntel ein - ach!, hätte er sich doch erweichen lassen, nun ist es zu spät. Freiheitsliebende Eichhörnchen nährten wir mit Reformhaus-Erdnüssen, die Haselmäuse bekamen ihr Studentenfutter und die heimisch gewordenen, dem Zoo entkreuchten Waschbären ihr Kieler Frühstück.

Das war eine Zeit mit Willi! Selbst, als es Herbst wurde, ließen wir uns den Klönschnack in der Dämmerung nicht nehmen, und war es gar zu kalt, dann loderte in einem gelöcherten Marmeladeneimer ein Lagerfeuer vor unseren Haferlschuhen, mit Eiskremstäbchen, Zementsäcken und Zeitschriften von Willi in Gang gesetzt und gehalten. Wenn - von unserer Zündelei angelockt - Kinder kamen, zupfte Willi einen Malzbonbonbeutel aus der linken Manteltasche, teilte pro Nase ein klebrig-braunes Würfelchen aus und fragte sie zum Beispiel, ob sie von Paul, dem Petroleur, gehört hätten. Derart ungeschichtliche Personen beherbergte er viele in seinem langlebigen Gedächtnis; da waren auch noch Lutz, der Leimsieder, Schorsch, der Schauermann, und Wieland, der Schmied, um nur einige zu nennen.

Schüttelten die Kinder überfordert ihre Köpfe, dann verstaute Willi die Malzbonbons wieder im grünen Loden, zog aus der rechten Tasche Papier und Tabak und zeigte seinem Publikum erst einmal, wie Paul, der Petroleur, der bei der Arbeit verständlicherweise nicht rauchen durfte, sich an Feierabend eine Zigarette dreht.

Anschloß sich, wie der Petroleur während eines längeren Lungenzuges plötzlich erfährt, daß seine liebreizende, kaum siebzehn Lenze zählende Tochter ins Wasser gegangen ist, weil der Fabrikantensohn K., dieser Schubiak, sie zwar auf dem werkseigenen Abort verführt, aber ihren Heiratsantrag abgelehnt hat. Daraufhin tritt Paul, der Held, die Zigarette aus, geht heim und malt mit Ölfarbe "Leben heißt Überleben!" auf das Fußteil seines Ehebettes, damit er es jeden Morgen aufs neue lesen und sich solcherart einprägen kann.

Hatten Willis Zuhörer an diesem Punkte der Erzählung außer dem halblaut gemurmelten Satz, daß sie bald nach Hause müßten, nichts mehr auf der Zunge, so griff er wieder in die linke Tasche, verteilte Nachschlag und fuhr fort, Pauls Abenteuer zu schildern.

Letzterer kauft, nachdem er einen alten Wollstrumpf unter der Matratze vorgezerrt und ausgeschüttelt hat, einen Tesching nebst Patrone. Mit diesem einen Schuß in der Faust lauert er dem Schurken K. vor einem Freudenhaus auf, zielt, drückt ab - rrumms! -, wirft die Waffe in den nächsten Müllkübel, verschwindet, um sein Petroleur-Tagwerk zu vollbringen. Paul bleibt unentdeckt, K. unverletzt, das Leben geht weiter.

Es wurde langsam dunkel. Die Bonbonesser mußten nun wirklich fort, deshalb rundete Willi die Geschichte ab: "Wie er sieht, daß es ihm nichts geholfen hat, besinnt Paul sich eines Besseren und tritt in die Kommunistische Partei ein. Und damit, liebe Kinder, wollen wir es für heute genug sein lassen!"

Foto: Wim v.d.Linden

Nachdem er noch eine abgegriffene Lesemappe der Obhut des Feuers anvertraut hatte, umgab er sich lächelnd für fünf Minuten mit Schweigen.

Willis Schweigen sagte mir allemal mehr als Hannes verquollenes Gerede.

Diese Viertelstunden, da Hohmann heranwachsenden Geschlechtern rückhaltlos sein Herz öffnete, dem der Kommunismus lediglich ein Hauptnenner für unzeitgemäße Träume und Sehnsüchte war, diese Augenblicke voll Faustrecht und Cowboygesang zähle ich meinen schönsten Erinnerungen zu. Wenn ich danach ins Damenstift zurückkehrte, jene Kartause der Gemäßigten, die ich als einzige Novizin des Ordens vom Strömenden Blut bewohne, nahm ich den "Don Quijote" vom Regal und verbrachte die Zeit bis zum Müdewerden in jener grenzenlosen Freiheit, die nur die Nutzlosigkeit beschert.

Die Vereinigungen mit Willi vor, auf, über, unter und hinter der Parkbank gehören zu meinen eindrucksvollsten Erlebnissen. Hohmann, dessen letzten Endes in Ungesetzmäßigkeiten mündende Willenskraft mich zum seufzenden Schmusekätzchen werden ließ, und ich...

Einer Frau in den Wechseljahren gegenüber war er die Verständnisfülle selbst. Als er mich im Frühling zwischen Krokussen und Verbotsschildern mit dem Parkwächter ertappte, beschränkten sich seine Tätlichkeiten darauf, daß er am nächsten Abend stumm neben mir auf der Bank saß und mit seinem ahörnernen Spazierstock "donna e mobile" in den Kies kratzte.

Hanne hat mir gestern schon wieder erzählt, daß sein verstorbenes Eheweib freitags immer zum Kassieren auf die Baustelle kam, "wenn die Löhnung noch nicht mal eingetütet war", und ihm nur einen Heiermann die Woche als Taschengeld gab. Dabei konnte er die Hände nicht ruhig halten, bis ich ihm schließlich eins auf die Finger haute. Dieser alte Langweiler soll sich bloß keine falschen Hoffnungen machen. Außerdem mag ich es nicht, wenn man in meiner Gegenwart von anderen Frauen spricht. Ich finde das unhöflich.

Nun schleppe ich zweiundfünfzig Jahre mit mir herum wie ein Rommèblatt, aber ich werde noch doppelt so alt, und man wird es mir nicht ansehen. Als ich sechsundzwanzig war, klopfte ich dem Zeitungsjungen im Treppenhaus auf die

Schulter, Ende dreißig besuchte ich den Mann an der Blechstanze, mit vierundvierzig kochte ich Eintopf für Hieronymus im Gehäuse. Ja, ich bin weit herumgekommen, doch nirgends blieb ich so lange wie im Damenstift. Hier habe ich Ruhe.

Übrigens bin ich eine gute Partie: ich bin nämlich die Witwe des Mannes, der den doppelmuffigen Zwischensteg erfunden hat, diese heute selbstverständliche, damals umwälzende Verbesserung der kugelgelagerten Schwingfräse.

Mit Hanne und mir wird es nie etwas werden. Ich vereinsame, deshalb suche ich auf diesem nicht mehr ungewöhnlichen Wege eine Bekanntschaft, rolle diese Blätter zusammen, schiebe sie in den grünen Bauch einer Wermutflasche, die ich nun - hoffentlich sorgfältig genug - verkorke und in das Brunnenbecken am Parkkreuzweg werfe.

Wo wird diese Nachricht landen? Vielleicht findet sie ein glutäugiger Fanatiker, dessen Kordhose Kleisterspuren vom nächtlichen Plakatekleben trägt, oder ein bärtiger, schmuddeliger, stoischer Philosoph, dem die Krätze zu schaffen macht. wer weiß?

Herbert Friedrich Witzel

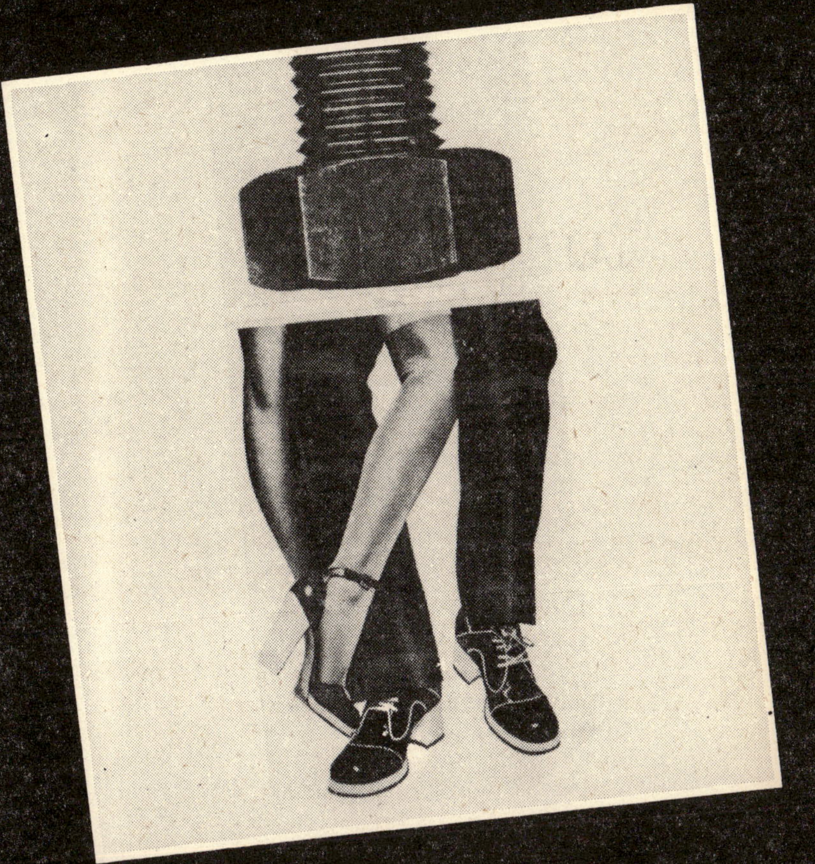

»ZARTES« IM BETRIEB

ANGST VOR DEM ENDE

Manchmal sitze ich dir gegenüber und kann vor lauter zurückgehaltener Zärtlichkeit kaum arbeiten. Ich will dich nicht stören bei der Arbeit. So fresse ich meine Gefühle in mich hinein.

Auch die anderen, die im Raum sitzen, will ich nicht ablenken. Ich denke: Meine Bedürfnisse muß ich zurückstellen. Die gemeinsame Arbeit aller ist wichtiger.

Was denken die anderen? Mit denen ich zusammenarbeite. Die uns beobachten. Sie wissen von unserer Beziehung, aber ich kann nicht einschätzen, was sie davon halten. Es kommt selten ein offenes Wort. Ablehnung oder Zustimmung. Freude oder Neid.

Nur hintenrum erfahre ich, daß eine Mitmacherin mir vorwirft, ich würde überhaupt nur deshalb so aktiv mitarbeiten, weil ich dich „anmachen" wollte. Da geht bei mir das Denken los. In jeder Kritik vermute ich persönliche Ablehnung, bin sofort gekränkt, wenn meine Arbeit kritisiert wird. Daß ich ich mit einem der Mitarbeiter ständig Schwierigkeiten bei der Zusammenarbeit habe, führe ich darauf zurück, daß er seine Probleme mit dir einfach auf mich überträgt.

Ich bin unsicher, ob ich meine Gefühle zeigen kann, so wie sie sind. Das müssen nicht nur gute Gefühle sein können, wie Lachen, Heiterkeit und Glück, sondern auch schlechte Stimmungen. Ich habe Angst, daß ich durch meine Offenheit Angriffsflächen biete, die von den anderen in einem Konflikt mit mir ausgenutzt werden könnten.

So versuchte ich, in Sitzungen gegen dich zu reden, kalt, ohne Gefühlsäußerungen, um damit mir meine Selbständigkeit und den anderen meinen Eigenwert zu beweisen.

Durch die gemeinsame Arbeit, die gegenseitigen sachbezogenen Verpflichtungen, in denen ich mit den anderen, die anderen mit mir gute Erfahrungen machten, bin ich inzwischen soweit, daß ich nicht mehr ständig unsicher nach Anerkennung suchen muß.

Trotzdem habe ich noch Schwierigkeiten, zu meiner Arbeit zu stehen. Bin ich nicht ganz sicher, ob ein Artikel gut geschrieben oder eine Seite schön gestaltet ist, frage ich zunächst dich. Mit deiner Zustimmung fühle ich mich im Plenum stark, weil ich von dir keine Kritik befürchten muß. Einen Konflikt mit dir – und sei es ein völlig sachlicher, der mich als Person gar nicht betreffen soll und darf – im Plenum auszutragen, davor habe ich Angst, weil du mich am besten kennst, mich am meisten durchschaust und mich deshalb auch sehr unangenehm kritisieren kannst. Angst, daß du empfindliche Stellen triffst, ich vor allen verunsichert und hilflos dastehe. Ein bißchen Mißtrauen auch, daß sich das Plenum auf deine Seite schlägt, wenn es hart auf hart geht. Sind wir beide, du und ich, einer Meinung, bin ich ziemlich sicher, daß wir die Sache auch durchsetzen können.

Trotz dieser Schwierigkeiten meine ich, daß ich mich mittlerweile freier verhalten kann, als ich es zunächst erwartet hatte. Freier als in einem „normalen" Betrieb?

Neulich beherrschte ich mich nicht mehr mit Rücksicht auf die anderen. Als du mich provoziertest, mich verletztest, habe ich rumgebrüllt, geheult. Es gab keine schiefen Blicke. Eine Haltung, die ich gut finde, die mir selbst aber schwerfällt. Meist kann ich mir blöde Bemerkungen nicht verkneifen: Nachdem T. im Laufe einer eher harmlosen Kabbelei explodierte und mehrere Gegenstände durch die Luft warf, machte ich später Anspielungen wie „du konntest dich gegen die Frau wohl nicht anders durchsetzen".

Vielleicht klappt das beim nächsten Mal. Daß ich ein Verhalten hinkriege, daß ich von anderen erwarte und auch schon erfahren habe. Das wäre ein Lernprozeß.

Was macht der Arbeitszusammenhang in unserer Beziehung aus. Einen wesentlichen Bestandteil?

Es gab von Anfang an mehr Bezugspunkte als in Beziehungen, die nur abends, am Wochenende, im Urlaub stattfinden können. Wir haben täglich miteinander zu tun. Nicht nur in unserer „Freizeit“, sondern in einem Produktionszusammenhang, in dem ständig Leistung notwendig ist.

Zusammenarbeit mit dir, einem Menschen, den ich sehr gern habe: Die täglichen Anforderungen, Streß, Überlastung, Streitigkeiten und Konflikte können nicht so an mich ran. Ein kurzes Streicheln, eine Pause, in der ich vor mich hinplappern kann, erzähle, was gerade in mir steckt. Das Gefühl, daß du mir zuhörst. Raum für mich, angestaute Gefühle, Gedanken loszuwerden. Das tut einfach gut.

Ein Arbeitstag mit all seiner Hektik wird so doch zu einer guten Erfahrung: Das Gefühl, gemeinsam voran gekommen zu sein, gibt mir Mut. Kleine Höhenflüge, an deren Ende ich nur noch irgendwo mit dir einschlafen möchte.

Das sind die guten Seiten, solange die Beziehung läuft, sich weiterentwickelt, noch scheinbar neues zu entdecken ist. Möglich auch, daß die Probleme einer Beziehung innerhalb eines Arbeitszusammenhangs in den Griff zu kriegen sind.

Wie ich Wände wegkriegen will...

Angst aber habe ich vor dem Ende: Das persönliche Erleben fällt weg, sachliche und fruchtbare Zusammenarbeit muß aber weiterhin gewährleistet sein. Wie ich mich kenne, baue ich mir dann aber einen Schutzwall gegen anstürmende Gefühlsfluten auf, versuche, mir meine Gefühle zu verbieten, bzw. sie nicht an mich ran zu lassen. Merke ich, daß du und die anderen um mich herum mir das nicht abnehmen, drehe ich durch, bin leicht beleidigt und entscheide nicht mehr nach sachlichen Kriterien, sondern trotzig. Um meinem verletzten Ich genüge zu tun. Ich bin dann grundsätzlich anderer Meinung als du, auch, wenn es dem Projekt sehr schaden würde. Für den gemeinsamen Arbeitszusammenhang hat dieses Verhalten ungeheuer destruktive Auswirkungen.

Diese Angst diese Unfähigkeit, mit Situationen umzugehen, in denen ich etwas verliere, nicht oben schwimme, hat meine bisherige Einstellung zu Beziehungen in Arbeitszusammenhängen geprägt: Lieber gar nichts anfangen, als sofort oder später Ablehnung zu ernten, und damit auch meine Mitarbeit in diesem Projekt zu gefährden. Eine Ablehnung habe ich immer als Abwertung empfunden, vorgespielte Stärke als den einzigen Weg,

wenigstens vor dem Plenum „das Gesicht zu wahren". Und unter solchen Voraussetzungen ist eine weitere Zusammenarbeit nur mit großen Qualitätsabstrichen möglich.

Ein Anspruch, den ich an mich und an einen „linken" Arbeitszusammenhang stelle: Daß ich die Angst abbaue, durch meine offen gezeigten Gefühle der Gemeinschaft Trümpfe in die Hände zu geben. Daß die Gemeinschaft versucht, mich als Menschen einschließlich meiner Probleme zu akzeptieren, sofern ich nicht durch mein persönliches Chaos das Projekt ernsthaft gefährde.

Ich will Arbeit (Kopf) und Liebe, Lust (Körper) nicht trennen müssen, bereit, den zeitweiligen Sieg meiner Gefühle über meinen sonst recht dominanten dicken Kopf zu akzeptieren.

G. Naan

GRENZEN DER ZÄRTLICHKEIT

In diesem Artikel soll es nicht um Sexualität in einem Arbeitszusammenhang wie Büro oder Produktion gehen, sondern in einem anderen. Es geht um ein alternatives Projekt, es geht um meine Erfahrungen mit Sexualität in der az. Die az ist der Bezugspunkt, über den U. und ich uns kennengelernt haben. Es ist jetzt etwa 1 1/2 Jahre her, daß wir uns das erste Mal auf Sitzungen sahen. Wir fanden uns ganz sympathisch, aber außer freundlichen, warmen Blicken lief zwischen uns nichts. Erst als wir uns zufällig (?) auch außerhalb von Redaktionssitzungen trafen, bei Veranstaltungen, oder beim Nachhausebringen (als sie in meine Wohngegend zog), kamen wir uns näher, lernten uns besser kennen. Es entwickelte sich im Laufe der Zeit eine sehr innige und intensive Beziehung. Es wäre allerdings falsch zu sagen, die az hätte nur Kupplerfunktion zwischen uns gehabt, und sonst nichts mit unserer Beziehung zu tun. Viele von den Einstellungen, Verhaltensweisen etc., die wir am anderen lieben, haben wir gerade erst in der az, im Arbeitszusammenhang, erfahren. Es ist eben ein Unterschied, ob man sich auch mal in Belastungssituationen erlebt, oder nur in Erholungssituationen. Ich habe das Gefühl, ich habe U. so „ganzheitlicher" kennengelernt, als wenn ich sie z. B. über gemeinsame Bekannte kennengelernt hätte. Aber natürlich ist die Tatsache des gemeinsamen Bezugsfeldes az nicht ohne Probleme für uns. Auf einige will ich hier kurz eingehen.

Eins der größten Probleme für mich ist die Frage der Offenheit, oder die Frage der Grenzen. Mit Grenzen meine ich zum Beispiel die Grenzen der Zärtlichkeit. Wie weit können wir gehen, wenn wir Lust haben, uns zu streicheln, küssen, umarmen, ohne Gegenreaktionen der anderen auszulösen? Mit Gegenreaktionen sind z. B. blöde, ironisierende Sprüche gemeint. Liegt nicht andererseits die Gefahr nahe, daß wir uns mit unserem Aufeinanderbeziehen von der Gruppe auschliessen, sei es, daß wir das selbst wollen, sei es, daß wir, ohne es zu wollen, uns isolieren? Heißt das aber auf der anderen Seite, daß wir in der Gruppe die Beziehung Beziehung sein lassen sollten, und uns nur auf das Gruppengeschehen konzentrieren? Ich bezweifle, ob das erstens möglich ist. Zweitens überhaupt wünschenswert. Aber wo liegt dann die Grenze, bzw. der richtige Weg zwischen dem Ausdrücken der gegenseitigen Zuneigung, und das ist Sexualität, und dem isolierenden Aufeinanderbezogensein?

Ein anderes Problem ergibt sich aus der bei der az sehr stark vorhandenen Arbeitsteilung, die, angesichts der unserer Meinung nach notwendigen Qualifikation und unserer personalen Knappheit, notwendig wird. Da U. und ich unsere Eigenständigkeit auch bei der az wahren wollen, übernehmen wir auch viele Arbeiten solo, die wir allein oder mit anderen machen. Wollen wir trotzdem noch zusammen arbeiten, ist das gleichbedeutend mit einer erhöhten zeitlichen Investition. Es ist eben nicht bei jeder Arbeit so, daß sie, wenn sie zu zweit gemacht wird, nur die Hälfte der Zeit beansprucht. So steht hier der Schrecken der hohen zeitlichen Belastung dem Spaß der Zusammenarbeit gegenüber. Es gibt oft Situationen, in denen ich wünschte, ich hätte unbeschränkt Zeit zur Verfügung. Solche Momente ergeben sich, wenn ich mit U. vor der Sitzung zusammen bin, wir die Situation gerade sehr schön finden, aber unerbittlich die Uhr auf Aufbruch in die az drängt. Solche Momente habe ich z. B. auch nach Redaktionssitzungen, wenn ich vor der Entscheidung stehe, noch mit den anderen ein Bier trinken zu gehen, oder noch ein wenig mit U. zusammen zu sein. Ich weiß, daß ich am nächsten Morgen zur Arbeit muß, und nicht unbegrenzt die Nacht durchmachen kann. Ich weiß, daß ich noch 3 - 4 Stunden habe, bis ich vor Müdigkeit fast einschlafe. Wie soll ich mich dann entscheiden, wenn ich zudem noch weiß, daß ich U.

erst in 3 - 4 Tagen mal wieder für eine längere Zeit sehe?

Die az ist ein Projekt, in dem auch oft ein ziemlicher Zeitdruck herrscht. Bis dann und dann muß die Zeitung beim Drucker sein, muß sie an den Kiosken sein, muß der und der Artikel fertig sein, muß das Info geschrieben sein . . . So existiert auch hier oft das Problem, die Lust, etwas anderes zusammen zu machen, z. B. einen schönen Spaziergang, zugunsten der objektiven Notwendigkeiten des Projekts unterdrükken zu müssen. Aus diesen Problemen, die ich hier angerissen habe, ergibt sich meiner Meinung nach das Hauptproblem. Bisher habe ich Sexualität vorwiegend als etwas „Privates" erlebt, etwas, über das man im günstigsten Fall in seinem sozialen Umfeld redet, aber nicht macht. Durch die Art unserer Beziehung und die relative Offenheit des Umfeldes az wird die Schranke des „Privaten" nun geöffnet, was bei den anderen genau wie bei mir Verunsicherungen auslöst. Diese Verunsicherung drückt sich bei mir in Hemmungen, ganz und gar offen zu sein, aus. Ich drücke es dann nicht immer aus, wenn ich U. umarmen, küssen etc. möchte. Sie zeigt sich, wenn ich mich dabei erwische, Gruppenbeziehung und Beziehung zu U. gegeneinander auszuspielen. Die Verunsicherung der anderen drückt sich für mich in Reaktionen aus, die mich in die Schublade „frisch verliebt" oder „total fixiert" einordnen wollen.

Die az ist kein sexuell befreites Gebiet, die Gesellschaft mit ihren Normen und Werten ist kein Klub, aus dem man einfach so austreten kann. Aber ich sehe die az auch als eine Art Neuland, wo man schon mal „Expeditionen" unternehmen kann. Die „Expeditionen" können Ängste schaffen, aber auch abbauen, können sowohl positive als auch negative Erfahrungen bringen. Allerdings darf dies nicht das Ziel des Ganzen sein. Oberstes Ziel ist und bleibt es, eine gute Zeitung zu produzieren.

Hajo Hoffmann

EH, FASS' MICH NICHT AN!

Am folgenden Gespräch waren beteiligt:
Erhard Wedekind, der in einem Heim für neurotisch dissoziale Jugendliche arbeitet. Helmut Binder ist zur Zeit als Sozialarbeiter in der offenen Jugendarbeit tätig, Christoph Potting war Bildungsreferent in der außerschulischen Bildungsarbeit.

Christoph:
Also bei mir war das so; als ich im Bildungszentrum gearbeitet habe, daß so ein Wochen-Seminar für mich immer ziemlich problematisch wurde. Ein Lernziel der Seminare war ja gerade, Solidarität, freundliche und nicht-aggressive Zwischenmenschlichkeit zwischen den Jugendlichen herzustellen, auf die Jugendlichen einzugehen und da fiel ich als Person immer raus. Ich habe mir ständig den Kopf zerbrochen über die Jugendlichen, aber nie über mich; über meine sexuellen oder emotionalen Bedürfnisse, die ich in der Gruppe hatte. Und da war ich ja Tag und Nacht mit denen zusammen. Also gerade in so Wochenseminaren, so mittwochs . . . der Mittwoch ist so ein Tag, wo sich die Gruppe schon strukturiert hat, so Mittwochs abends ist dann Fete oder so was gewesen, Disco und . . . na, ja . . . Lief halt nichts. Du hast dann halt zugeguckt, hast dich gefreut, hast deine pädagogischen Fähigkeiten beklatscht, wenn sich Freundschaften, Liebschaften oder Knutschereien angebahnt ha-

ben. Wenn die dann zusammen gevögelt haben, hast du das als einen Erfolg deiner Pädagogik gefeiert, aber selbst so . . . lief da überhaupt nichts . . . mit denen, also, ich hatte da viel zu viel Angst. Das war ziemlich schlimm gewesen, weil . . . ja, diese Nähe, diese ständige Nähe mit den Jugendlichen, Tag und Nacht, schafft auch so ne abstrakte Geilheit, du hast ständig Kontakt mit Menschen, darfst die aber nicht anfassen, oder wenn, dann nur so kumpelhaft pädagogisch, also nicht sexuell, in dem Sinn, daß du irgendwie . . . deine eigenen . . . ja, du darfst nicht anfassen, darfst auch nicht rumknutschen, darfst eigentlich nix machen. Und das ist furchtbar. Im Team . . . also, in dem Team . . . lief da auch nichts ab. Ich hab mich dann auch nicht getraut. Die Phantasien, die ich da eigentlich hatte: es müßte doch eigentlich möglich sein, mit so ner . . . also, du hast da ja auch Angst, da was anzufangen, mit 'ner Frau. Also, bei Männern läuft das sowieso nicht, bei mir. Und mit 'ner Frau was anzufangen, hast du einfach Angst, da kommt was hinterher. So mit den Eltern, kriegst ja auch Schwierigkeiten, rechtliche Schwierigkeiten und so. Und da läufst du halt immer mit deinen Phantasien rum. So abstrakte, geile Phantasien sind das, die völlig abgetrennt sind auch von den Leuten. Vielleicht ist das auch so 'ne Art Vergewaltigungsphantasie, die sich da entwickelt, glaube ich. Also so einfach so . . . , so, verstehst du,das sind ja auch so pralle . . . , ja . . . , grad so Disco, mit so proletarischen Mädchen, da läuft ja unheimlich was ab, da machen die sich so zurecht, haben enge Jeans an und so, und tanzen da rum. Und aufgrund dieser entsexualisierten und enterotisierten Situation kriegst du dann ganz geile und auch aggressive Phantasien. So irgendwie . . . ja, . . . die so abzuschleppen, durchzuvögeln und dann . . . irgendwie so zu tun, als wär nix gewesen oder so was.

Helmut:

Ja, meine Frage ist also . . ., ja, ich kann das im Vergleich zu mir, nicht so sagen, ich meine, tendenziell ist das sicher auch so. Ich arbeite mit Jugendlichen zusammen, die zum Teil auch ein bißchen älter sind, z. T. über 18. Im Jugendzentrum sind viele Jugendliche, die untereinander ziemlich engen Kontakt haben, und du sagst Scheiße, jetzt haben die engen Kontakt, und du hast auch so ein pädagogisches Ziel. Du fühlst dich immer so ein bißchen außerhalb. Du kannst sozusagen nie ein gleichberechtigtes Mitglied der Gruppe werden, wenn du also merkst, da sind Leute, die ziemlich locker miteinander sind, aber so die Sexualität die wird mehr oder weniger ausgeklammert oder . . . da kannst Du dich nicht dazu verhalten. Wenn es so wäre...dann wirst du immer ganz komisch angeguckt. Da denkt man, mein Gott, jetzt bist du von deinem pädagogischen Ziel abgewichen oder so. Ich meine, im Grund möchte man mit den Leuten ja nicht viel mehr Kontakt haben, jetzt gar nicht mal sexuell, man hat so das Gefühl, man ist mit denen in der Arbeit so zusammen und möchte die nur auch privat mal kennenlernen, was die so eigentlich machen.

Christoph:
Aber dafür war ich Tag und Nacht mit denen zusammen.

Helmut:
Ja, das gerade ist bei uns nicht so, weil du gerade immer so zwei Stündchen nur kommst. Als ich früher im Heim gearbeitet habe, da hatte ich z. B. Kinder, die hatten ihre sexuellen Beziehungen untereinander, aber so, daß das den Erziehern nicht so auffiel. Das war z. B. im Praktikum, wenn du dann auch fernab von deiner eigenen Freundin bist, dann kommen manchmal so Gefühle, daß du denkst, Scheiße, also jetzt bist du hier schon drei Wochen ohne irgend jemanden. Schreibst halt mal einen Brief, oder fährst mal nach Hause, aber ansonsten . . . hier im Heim spielt sich halt weiß Gott was alles ab. Und da kommen so Kollegen, — ich habe ja mit mehreren zusammen Praktikum gemacht — die hatten eine vollkommen andere Einstellung, erstmal also sowieso verheiratet aber haben dann, trotz allem, erst recht mal Zeit dort ausgenutzt, um mit diesen oder jenen Leuten anzubändeln und ich das Gefühl hatte, Mensch, bist du eigentlich blöd, warum machst du das nicht, die machen das ganz selbstverständlich, du machst das nicht. Bist du bekloppt oder altmodisch oder . . .

Erhardt:
Was ist das "anbändeln"?

Christoph:

Das ist . . . Ich glaube, das muß man konkreter sagen. Also bei mir ist das so gewesen, daß das so eine ganz abstrakte, vögelfixierte Geilheit war, ausgelöst durch die perverse Situation in der du da warst, ja . . . Also z. B. auch, wie ich mir da einen 'runtergeholt' habe, das war irgendwie, das machst du ja in der Woche bestimmt dreimal, aber total lustlos. Also nicht, läßt dir dabei Zeit und genießt das so, sondern irgendwie holst' . . . , so in der Pause oder . . . irgendwie. Halt, wie in der Seminarpause, gehst aufs Klo und holst dir einen runter. Weil es auch so eine perverse Situation ist. Du bist dauernd nah' mit denen zusammen, darfst die aber nicht anfassen und darfst überhaupt nix machen.

Erhardt:

Ich kann mir vorstellen, daß bei Dir da noch die Situation dadurch gekennzeichnet ist, daß Du die Leute nur eine Woche da hast, daß Du mit ihnen da wirklich Tag und Nacht zusammen bist und daß ja eigentlich dieser Bildungsrahmen solch einer Bildungsinstitution verlangt Du sollst denen was beibringen. Aber im Prinzip läuft ja da was anderes ab. Und ich glaube, daß ist eine unheimliche Zuspitzung der ganzen Problematik. Also jetzt, was Deine Phantasien angeht, so verdichtet kann ich das aus meiner Arbeit nicht bestätigen, was einfach damit zusammenhängt, daß ich, im Heim mit Jugendlichen über längere Zeit zusammen bin, über Jahre, ich habe welche, die ich drei Jahre kenne. Als ich noch vorher im Heim gearbeitet habe mit den Jüngeren, die 15, 16 sind, wie die ersten sexuellen Bedürfnisse permanent auf der Tapete sind . . . bei allem Auftreten was damit zu tun hat. Da wird dauernd darüber gequatscht und irgendwelche Witze gemacht, und was für die erstmal sehr wichtig ist,daß sie das nicht irgendwie vertuschen müssen und daß das nicht etwas ist, was man am Tisch nicht sagen darf, sondern daß du da auch direkt mitsprichst. Und dann gibt es schon so Versuche, direkt auch auf dich zuzugehen. Allerdings nur von denjenigen, die das können, das können nicht alle. Also, mal jemanden anfassen oder so, daß läuft, daß mich einige auf ihr Zimmer gezerrt haben und haben mich gekitzelt. Das hat denen unheimliches Vergnügen bereitet. Es kann aber auch sein, daß ich mal reinkomme in einen Raum, und nehme nur einen in den Arm und will mit ihm reden und merk —, daß der mir unter der Hand zur Eissäule erstarrt. Weil der das gar nicht aushält, diese Nähe.

Ich hab ja jetzt die älteren, die also schon quasi in einer ausgelagerten Wohngemeinschaft sind, schon ein paar Jahre vorher im Heim waren, die eigentlich ein schon etwas klareres Verhältnis zur Sexualität haben. Das heißt, die haben nicht mehr das Gefühl, daß sie mich nicht anpacken dürfen, aber die kitzeln mich auch nicht mehr aus. Das ist dann schon eher so, — was auch in unseren Kreisen üblich ist — daß mal einer kommt, wenn ich ne zeitlang nicht da war, daß er mich in den Arm nimmt und, die Jugendlichen mich auch mal so anflachsen, daß die mal irgendwie nur einen Vorwand suchen, mich anzupacken. Das ist eigentlich nicht problematisch. Wo dann eher schwierige Situationen auftreten ist, wenn die Freundinnen da sind. Das ist so: Dadurch daß ich Sozialarbeiter bin, bin ich ja für die eigentlich ein sexuelles Tabu. Und gerade deshalb können die Freundinnen meiner Jungen auf mich besonders gut zugehen. Das heißt, wenn die kommen, die fallen mir um den Hals, nehmen mich mal in den Arm, geben mir nen Kuß, haben da überhaupt keine Probleme, während sie das gegenüber anderen Jugendlichen, die in ihrem Alter sind, sehr wohl haben. Bei mir haben sie das deshalb nicht, weil sie wissen, ich mach daraus nichts. Auf Feten, wenn Mädchen da sind, — die finde ich fast alle auch zum größten Teil unheimlich ansprechend, sympathisch,— also wenn die da sind dann sorge ich mittlerweile so vor, ich weiß genau in der Situation geht es mir schlecht, wenn ich da alleine bin und ich nur so Pädagogik mache und herumgehe. Dann fühl ich mich nicht wohl. Ich mach das mittlerweile so, daß ich Wert darauf lege, daß meine Freundin bei der Fete dabei ist, damit ich auch was hab. Es ist wichtig, daß sie dabei ist, dann komm ich besser über die Runden. Sonst habe ich einfach das Gefühl, auch so ein bißchen wie Du das sagst, die fühlen sich wohl und ich stehe in der Ecke. Und zwischendurch kommen die mal, und fahrn mir so übers Haar . . . Na ja, Du mußt jetzt hier Dienst machen.

Foto: Päd Extra Sozialarbeit

Christoph:

Also der Punkt, den ich bei mir so beachtet habe: Eine typisch männliche Sexualität, so ne ganz abstrakte Geilheit, die nur aufs Ficken aus ist. Eine Tendenz, zu einer auch brutalisierten Sexualität. Solche Phantasien werden durch die Arbeit gefördert. Auf zweierlei Weise: einmal, weil so eine erotische Nähe erlaubt bzw. erzeugt werden muß, damit überhaupt zwischen dir und den Leuten was läuft. Das kann von so ner kumpelhaften bis zu so ner freundlich, einfühlenden bemutternden oder bevaternden Rolle gehen.

Die Erotik darf jedoch nicht gelebt werden. Und es hängt auch damit zusammen, daß diese Arbeitssituation dazu motiviert sexuell aus der Rolle zu fallen. Ist ja auch ne Form, mit dieser Scheißarbeit abzurechnen. Z. B. ist so ein schöner Sommertag, da sitzt du dann im Seminarraum, und dann machst du dir irgendwie nur so dein 'Heimkino' an, so ungefähr. Sitzen sie alle da, die haben zwar noch einen BH an, von daher sind die Phantasien dabei noch ein bißchen eingeklemmter, (verlegenes Lachen), weil die Brust da auch irgendwie eingeklemmt ist, aber irgendwie so, ja. Das ist irgendwie so, so komisch . . .

Helmut:

Ich weiß aber wirklich nicht . . . , also solche Erfahrungen habe ich eigentlich noch nicht gemacht. Ob das nun wirklich nicht damit zusammenhängt, gerade mit dieser Situation?

Erhardt:

Ich erlebe das erotische Moment auch gegenüber den Jungs im Heim. Aber ich erlebe das trotzdem nicht so zugespitzt wie Du, also nicht so abstrakt mit so viel Phantasien, weil ich die Leute einfach längerfristig da habe. Auch die Freundinnen. Ich weiß, wie die sich kennengelernt haben, Beziehungen, die sie drei Jahre schon haben und ich kenn' die genau. Und wenn die Probleme miteinander haben, dann spreche ich ja mit ihnen zusammen darüber. Die wollen ja drüber reden. Aber in der Nähe mit den Jungs: Da war z. B. gestern so ne Situation gewesen: da kommt einer von der Arbeit und ich war ein bißchen muffig und der war ein bißchen muffig und wir haben uns nach ner Zeit wegen irgendwas in die Haare gekriegt und wir haben regelrecht rumgeblökt und rumgeschrien und nach ner Zeit machte uns das richtig Spaß. Wir konnten gar nicht wieder aufhören. Und das ging auch gar nicht mehr um irgendein Thema, sondern daß machte nur noch Spaß. Und danach kam er richtig auf mich zu, packte mich so . . . "ich würd' mich gerne mit dir kloppen," aber lachte so dabei, das war eigentlich so genau das andere. Der sagte eigentlich: also irgendwie find' ich Dich ganz gut . . . Da war eben etwas erotisches drin. Aber das ist ne andre Qualität deine Situation auf dem Seminar.

Chrisoph:

Ich glaube, daß das auf dem Seminar vielleicht so verdichtet ist, produziert wird, was sonst latent da ist. Ich hab mir jetzt grad noch mal überlegt: Ich erinnere zwei extreme Bedürfnisse. Einerseits, wenn ich abends, — nachts war immer Rambazamba auf dem Flur, —. Jede Nacht! Bis drei, vier, fünf Uhr hexen die Jugendlichen herum. Und es geht eigentlich nur um sexuelle Geschichten.

Die Jungs in die Mädchen-Zimmer: rums, Türe zu. Umgekehrt. Und du liegst dann da. Hast dann auch unheimlich Angst, daß du morgen wieder Schwierigkeiten mit dem Hausmeister hast und der Lärm, die anderen Seminarteilnehmer beschweren sich usw. Und dann hab ich immer starke Bedürfnisse gehabt: Mensch jetzt müßte irgendeine Frau da sein, die du kennst, die dir vertraut, und bei der du dich irgendwie ankuscheln kannst. Die dich irgendwie belohnt dafür, daß du so freundlich zu denen bist, mit denen du ja eigentlich überhaupt nichts zu tun hast. Du bist 24 Stunden freundlich und einfühlsam zu Leuten, die dich eigentlich am Arsch lecken können. Und dann kommt dir das Bedürfnis, Mensch, jetzt wirklich so versorgt zu werden, so ankuscheln und auch belohnt zu werden, dafür. So die zwei extremen Sachen, Belohnung, Regression, so Ankuscheln und dann so ganz aggressive so geile Geschichten.

Helmut:

Ich könnte mir das auch vorstellen, wenn ich alleine wär'. Dann könnte ich das auch nicht aushalten. Ich meine, hast Du ein Seminar mal alleine gemacht?

Christoph:

Ja, oder mit Team. Entweder waren da Männer, da lief da überhaupt nichts. Oder mit Frauen . . . Ja, also irgendwie war das . . . lief da eben auch nichts.

Pädagogischer Anspruch und "wirkliche" Bedürfnisse

B: Man kann das aber auch umdrehen. Ich kenn z. B. auch Situationen, wo ich Seminare mitgemacht habe, weil ich wußte, daß meine Freundin da von Dienst wegen mitfuhr. Bei uns ist das teilweise so gelaufen, das muß man ja mal ganz klar sagen, wir Seminare, praktisch Ferienfreizeiten arrangiert haben, ausgesponnen haben, nicht zuletzt mit dem Hintergedanken, daß man da mit seiner Freundin mal zusammen ist, wenn man praktisch weit auseinanderwohnt. Das ist auch ein Punkt. Und wenn das nicht gewesen wäre, ich wäre nie auf die Idee gekommen, in Ferienfreizeiten mit ausländischen Jugendlichen mitzufahren, nur weil ich der Meinung bin, irgendwelche pädagogischen Ziele zu verfolgen oder mich das "Klassenbewußtsein" der türkischen Jungen und Mädchen interessiert. Ich meine, es ist dies eine Abwechslung von der Arbeit, die man sonst vielleicht macht. Man weiß ganz genau, man kann sich nur freuen, wenn man einen Kontaktpartner hat, mit dem man dann auch abends, ich meine die Nacht noch durchmachen kann. Das ist klar.

Christoph:
Du sagst, warum fahrn die Jugendlichen zu so einem Seminar? Weil die immer von zu Hause weg wollen. Und das heißt nichts anderes, daß die da mal sexuelle Erfahrungen machen wollen. Also, die können auf den Putz hauen, und sexuelle Erfahrungen machen. Das ist es, warum die jungen Leute zum Seminar fahren, und nicht, weil sie da irgendwas lernen wollen.

Helmut:
Da kommst Du aber ganz schön in die Klemme. Wir haben im letzten Sommer ein Zeltlager gemacht, da wußten wir auch nicht genau, weswegen fahren die Jugendlichen dahin? Die Gruppe war ziemlich am Arsch. Da mußte mal geklärt werden, wie sie mal wieder ein Programm für sich macht, was ihnen einigermaßen vernünftig erscheint und da haben ein paar Leute gesagt, ja, o. k., also machen wir dies und jenes. Aber am Samstag ist dann schönes Wetter, da ist alles vergessen. Die sind in ihrem Zelt und du stehst da als Moralist: "Ihr wolltet doch eigentlich heute auch was erarbeiten."

Und die verkriechen sich da ins Zelt. Das ist im Grunde ja völlig legitim, wenn du überlegst, unter welchen Bedingungen die sonst zusammenkommen. Ob die sich auf dem Flur abknutschen und die kommen zu uns . . . nachmittags ins Jugendzentrum, nur um ihre Freundin mal zu sehen. Gerade bei ausländischen Jugendlichen, weil, wenn die Eltern das wüßten, wäre der Teufel los. Da denkt man sich immer, macht man sich eigentlich was vor, haben die überhaupt ein Interesse in der Gruppe mitzuarbeiten weil die das Thema interessiert.

Christoph:
Aber das war bei uns z. B. anders. Bei uns waren die Seminare von vornherein so geplant, daß wir gesagt haben, ein gutes Seminar ist, wenn da eine gute Gruppenatmosphäre ist, wenn das eine Woche lang harmonisch war. Das offizielle Thema war z. B. Berufsausbildung. Ob die davon was kapiert hatten, das war überhaupt nicht mehr unser Problem. Unser Problem war, ob da eine gute Atmosphäre die Woche lang war. Daß die das Gefühl hatten, das erste Mal sich in einer Gruppe wohlzufühlen. Das war für uns das Lernziel. Und da spielt natürlich abends, und was da nachts lief ne unheimliche Rolle. Darüber haben wir uns immer Gedanken gemacht. Wir machen eine Fete, damit sie auch wirklich zueinander kommen. Nur wir haben nie überlegt, wie kommen wir denn zueinander.

Einsamkeit in der Beziehungsarbeit

Erhardt:
Ein anderer Aspekt in meiner Arbeit, der mich jetzt nicht mehr so betrifft, also seitdem ich in der Wohngemeinschaft bin, mit einer Kollegin zusammen arbeite, die nicht nur eine Kollegin ist, sondern mit der ich auch sonst eng befreundet bin, nicht sexuell befreundet bin, aber wir haben ein sehr auch erotisch getöntes Vertrauensverhältnis und können uns auch anfassen und das gibt auch den Jungen Sicherheit, die können auch deshalb ihre Bedürfnisse ihr gegenüber mal artikulieren. Die Phantasien die sie haben, die können offen ausgesprochen werden, auch wenn man weiß, daß sie nicht realisierbar sind. Aber früher habe ich diese Situation stär-

ker erlebt im Heim, in diesem permanenten Streß rund um die Uhr mit einer Gruppe von wirklich verhaltensgestörten Jugendlichen, die unheimlich herumticken. Da habe ich das so erlebt: Jetzt hast du da den ganzen Tag Verständnis aufgebracht und hast dich bemüht und bist auf alle eingegangen und hast versucht, denen was zu ermöglichen, und dann bin ich nach Hause gekommen, damals habe ich noch in der ersten Zeit im Heim selbst gewohnt, alleine und da hatte ich wirklich das Gefühl: wer küßt mich? Wer nimmt mich jetzt in den Arm? Und was ist denn mit mir? Und da hatte ich genau dieses Bedürfnis nach diesem sich ankuscheln und nach dem versorgt werden. Also, alles was ich den ganzen Tag für sie machte, wollte ich auch haben, für mich!

Christoph:
Ich glaube, daß das Verhältnis, das Du zu den Leuten in der Arbeit hast, sich auch auf das Verhältnis zu Deiner Freundin überträgt. Entweder habe ich das Gefühl mich anzukuscheln und will total versorgt sein oder eben ganz so . . . einfach zu vögeln. Irgendwie den ganzen Frust einfach raus zu vögeln. Ohne groß da jetzt was anleiern zu müssen . . . und ohne groß da auf die Freundin eingehen zu müssen, sondern einfach hier: ruck zuck.

Helmut:
So was ähnliches habe ich auch erlebt.
Daß du dann das Gefühl hast, du hast im Grund kaum noch Zeit, oder Ruhe, in diesem Streß sich doch einmal so zu seiner Freundin zu verhalten, wie sie es im Grunde erwartet und wie es normalerweise auch möglich wäre, und das hat auch nicht zuletzt dazu geführt, daß die Sache auseinandergelaufen ist. Und umgekehrt, ich habe nun meine Frustration mittlerweile, daß ich mir genau überlege . . . im Heim, als ich da sechs Monate gearbeitet habe, einfach dadurch kompensiert, daß ich wie ein Wahnsinniger gearbeitet habe. Ich habe meine ganzen Energien in dem Bereich total in Arbeit umgesetzt. Unter uns dreien war ich derjenige, der also die Arbeitsenergie hatte, bis nachts um elf bis eins noch die Interaktionsbögen auszufüllen, um dabei herauszukriegen oder festzuhalten, wie das nun bei den Jugendlichen und den Erziehern gelaufen ist. Und da kamst

du nach 14 Tagen zu deiner Freundin und die war natürlich auch unheimlich sauer, die kriegte überhaupt nichts, das hat sie nicht verstanden. Ich habe das auch nicht verstanden, wie so eine Beziehung dann plötzlich so total kaputt geht. Weil wegen des ganzen Streß, der dann zu Hause ablief, du keine Emotionen mehr im Grund hast, weil du dich ständig verausgabst in dieser emotionalen Beziehung, im Heim . . .

Erhardt:

Bei uns ist das so: wir sind ja ein relativ fortschrittliches Heim, d. h., es wird ja immer versucht, das was die Jugendlichen machen, wirklich zu verstehen, aufzuarbeiten und auf sie einzugehen und dieses permanent so dynamische Vorgehen führt dann dazu, daß die Mitarbeiter im Endeffekt aus ihrer Frustration, dieses Gefühl zu haben, sich immer einzubringen für die Jugendlichen, von den Jugendlichen emotional ausgebeutet zu werden, das führt dann dazu, daß in den letzten Jahren die Mitarbeiter viel Bedürfnisse auch aneinander gerichtet haben. Das hängt damit zusammen, daß es jüngere Leute sind, daß die eben nicht immer miteinander verheiratet sind, so wie das früher war, so mit der Familie im Heim zu wohnen, wo das alles klar war. Das ist so nicht mehr. Ich finde mehr Leute, die in Wohngemeinschaften wohnen und das führt dann dazu, daß die im Heim eine bestimmte Sprache von Verständigung entwickeln. Bezogen auf die Jugendlichen. Und die bezieht sich dann auch auf die Mitarbeiter, d. h. das ghettoisiert sich, das Heim-Ghetto überträgt sich auch noch einmal auf die Mitarbeiter, das wird für die auch noch mal so ein Ghetto. Man kann eigentlich so, wie man da miteinander redet, schon draußen nicht mehr reden. Das verstehen die gar nicht. Und das führt dann dazu, daß es da eben auch sehr enge Beziehungen gibt, daß auch bestimmte Beziehungen krachen, weil man einen anderen kennengelernt hat, und das führt dann zu solchen Dramen, die sich dann da so abspielen, nebenbei, die aber nicht Gegenstand einer Besprechung sind. Dazu kommt es dann auch wieder nicht. Und das ist auch schon eine ganz schöne Belastung.

Tagungserotik

Erhardt:

Was noch wichtig ist, glaube ich: wenn man die offene Jugendarbeit als Bildungsarbeit sieht, daß da Männer überrepräsentiert sind. Also, in den Seminaren waren fast immer mehr Jungens als Mädchen. In dem Bildungszentrum, wo ich gearbeitet habe, waren nebenher immer noch Gewerkschafts-Seminare, Betriebsräte und Vertrauensleute, nur Männer. Und da spielt halt auch Sexualität eine unheimliche Rolle, die dann in Alkohol umgesetzt wird. Diese angegeilte, alkoholisierte Stimmung trifft dann auf dein Bedürfnis nach Zärtlichkeit oder Ruhe oder auf halt ausschweifendere sexuelle Phantasien. Das entfremdet dich dann auch von den Leuten. Du kriegst gleich so einen Haß, wenn du diese alkoholisierten, fetten Männer siehst. Und dazu liegen die Bildungszentren ja auch alle noch auf dem Land, wo nichts in der Nähe ist . . . ne ganz perverse Situation. Diejenigen Frauen, die es da gibt, die werden dann umlagert und je nach Alkoholisierungsgrad angemacht. Also . . . pervers . . .

Helmut:

Den Grund, warum die Jugendlichen auf Seminare fahren, das kann man auch auf professionelle Pädagogen übertragen. Die fahren um erst mal aus ihrem Laden, ihrer Alltagsruine herauszukommen. Man hofft auch Leute zu treffen, die in einer ähnlichen Situation sind. Dann entwickeln sich auch schnell sexuelle Beziehungen und Bedürfnisse. Nun hast du also 5-Tage-Beziehungen zum Schluß werden die berühmten Adressen ausgetauscht, ich besuch dich auch mal. Da läuft aber an sich nichts mehr. Ansonsten, wie das halt auf Tagungen ist, da sitzt du halt nebeneinander, machst deine Spielchen mit Strichmännchen oder Strichfrauchen oder sonstigen sexuellen Symbolen, die du unbewußt da aufs Papier kritzelst und guckst gar nicht und schaltest völlig ab. Kommst eine halbe Stunde zu spät, weil du einen schönen Spaziergang gehabt hast in der Mittagssonne oder gehst früher weg. Du weißt, es kommen immer nur ein oder zwei Kollegen aus derselben Institution zu derselben Tagung. Du kannst also wirklich so locker einen rauslassen, weil du nie das Gefühl hast, da gibts Kollegen, die sagen, "ach, von der Seite habe ich den noch gar nicht gekannt".

Erhardt:

Bei uns unter den Kollegen wird offen eingestanden: Ich brauche mal wieder ne Woche "Tralala". Tralala, darunter fallen diese musischen Angebote, so bestimmte Akademien wie Spielpädagogik oder weiß der Geier was man da macht. Diese Bildungsangebote, die da gemacht werden sind meistens fern ab deiner konkreten Alltagspraxis angesiedelt. Da kommen Leute hin und es geht darum, so ne gruppendynamische Atmosphäre zu schaffen. Da wird mal was mit Video gemacht, da gibts auch immer Kaffee, dauernd gibt irgendwelche Situationen, wo man mal wieder aufhört, dann ist das meistens schön landschaftlich gelegen und so den ersten Tag gebraucht man dazu, mal so abzuchecken, wer ist denn so da und wo kommen die her und wenn man jemanden trifft, der . . . das ist auch ne Genossin, die ist auch entsprechend eingestellt, die ist auch noch links. . .

Helmut:

Das ist völlig klar, daß auf mich, auch selbst bei dieser wilden Tagungserotik, dieser abstrakten Geschichte, als Ventil-Funktion, also selbst da würde ich sagen, läuft das bei mir nicht so, daß ich nun beliebig . . . nur, weil eine Frau attraktiv aussieht, auf die abfahre. Aber wenn die dann auch noch entsprechend links ist oder so, dann ist das wirklich legitimiert, auch vor mir selber. Und dann macht man sich halt ne schöne Woche.

Funktionalisierte Zärtlichkeit

Christoph:

Was noch mal wichtig ist: daß, je fortschrittlicher die Lernkonzeption ist, umso perverser wird die Situation eigentlich. Wenn du ein Seminar machst, so an den Bedürfnissen eigentlich anzusetzen, du machst dir ein Konzept, wie die Jugendlichen Solidarität lernen, wie sie ihre emotionalen Bedürfnisse ausdrücken lernen, wie sie irgendwie zueinanderkommen. Du bringst da immer Zärtlichkeit und Sexualität ins Spiel, die aber zugleich für dich tabuisiert wird. Immer. Während bei so Betriebsräteschulungen über das Betriebsverfassungsgesetz, da wird ein solches Lernziel von den Teamern überhaupt nicht einbezogen. Während wir ja, als "fortschrittliche Jugendarbeiter", Bildungsarbeiter, diese sexuelle und sinnliche Emanzipation als Lernziel immer im Auge haben, nur selbst uns dabei immer ausnehmen müssen.

Erhardt:
Das hängt wohl damit zusammen, daß Sozialarbeit, zwischenmenschliche Dimensionen zu einer Profession macht. Das ist dein Job, mit Zwischenmenschlichkeit professionell umzugehen. Bei uns, wir haben eben diesen psychoanalytischen Ansatz, läuft das eigentlich unter dem Stichwort "Abstinenz", d. h. streng nach Freud, geht es eigentlich darum, mit solchen Kräften, diese libidinösen Kräfte zu sehen, zu empfinden, sie eigentlich bei sich bewußt zu spüren und sie dann in der pädagogischen Arbeit einzusetzen. Aber immer so, daß man das fachlich einsetzt und daß man sich selber als Mensch wieder herausnehmen muß. Mir kommt Sozialarbeit unter diesem Gesichtspunkt so vor, wie ein Scheinleben-Zusammenhang. Du steigerst die zwischenmenschliche Qualität, aber letztlich ist klar, daß es nicht deine eigentliche Lebenspraxis ist.

Christoph:
Noch konkreter: Diese bezahlte Beziehungsarbeit oder bezahlte Zwischenmenschlichkeit, gerade in pädagogischen Berufen, muß sexuelle, erotische und emotionale Bedürfnisse aufgreifen, damit überhaupt die Arbeit stattfinden kann. Und zugleich darf diese Erotik und Sexualität nicht zu sich selbst kommen.

Seminare sind so gesehen eine Stufe endloser Vorlust. Du bist so latent aufgegeilt, das ganze Seminar lang und du mußt diese Lust behalten, damit du überhaupt arbeiten kannst, kannst dir aber höchstens die Lust vom Leibe schaffen, indem du dir einen runterholst und sonst darfst du nichts, läuft nichts. Und das ist wirklich pervers. Und was da auch noch eine Rolle spielt, was für mich in der Sozialarbeit ganz besonders ist, daß diese Sexualität auch immer eine Form von "der Arbeit eins auszuwischen" ist. Es ist auch besonders anturnend, wenn im Arbeitszusammenhang was sexuelles gelaufen ist. Das ist unheimlich prickelnd und interessant. Also, auf der einen Seite tötet Arbeit Lust, bezahlte Arbeit tötet die Lust, Sozialarbeit muß die Lust wieder instrumentalisieren, damit überhaupt was passiert, und diese Lust ist dann wieder auch eine Form, die ganze Sache wieder zu unterlaufen.

Helmut:
Oder man freut sich, wenn man in diesem Fall der Arbeit ein Schnippchen geschlagen hat. Ich hatte das bei den Ferienfreizeiten so erlebt, daß man sich unheimlich freut, daß man mit allen möglichen wissenschaftlichen, pädagogischen Argumenten beim Träger eine Ferienfreizeit durchgesetzt hat, als pädagogisch wichtige Maßnahme, als wissenschaftlich untersuchenswerter Gegenstand für fortschrittliche Sozialarbeit mit Ausländern, und im Grund genau weiß, daß das entscheidende Problem, mit seiner Freundin dahin zu fahren. Wenn das nicht wäre, wäre es mehr oder weniger frustrierend. Da ist also eine gewisse Genugtuung.

Erhardt:
Mir fällt es trotzdem schwer, da jetzt eine eindeutige Alternative auszumachen . . .

Helmut:
Das Problem ist einfach, was ich auch sehr schlimm finde, wenn solche Sachen so verlogen gehandhabt werden von den Leuten, die entweder es selbst machen oder so tun, als hätten sie keine sexuellen Bedürfnisse. Ich finde es aber legitim, daß du erstmal sagst: Das ist nicht verwerflich, wenn da persönliche Interessen, sexuelle oder emotionale Beziehungen auch eine Rolle spielen bei der ganzen Angelegenheit.

Erhardt:
Wobei es doch noch auf die konkrete Arbeitssituation ankommt. Ich habe einfach auch die Erfahrung gemacht, zu welchen verheerenden Konsequenzen es kommen kann, wenn beispielsweise eine Kollegin selber sich sehr allein fühlt, merkt, daß ein älterer Jugendlicher sie sehr nett findet, unheimlich auf sie scharf ist und die eigentlich, weil sie

alleine ist, dieser Sache so ein Stück Nahrung gibt, indem sie so uneindeutige Signale gibt. Einerseits den so rankommen läßt aber andererseits auch wieder die pädagogische Haltung einnimmt. Das bedeutet für den Jugendlichen eine widersprüchliche Situation, die kaum zu verarbeiten ist. Das ist einfach eine Sache, die man besprechen muß und auch irgendwie klären muß.

Erhardt:
Ich habe einmal in einer Wohngemeinschaft versucht, über Sexualität eine Informationsreihe zu machen und was die Jungen am meisten interessiert hat, war wenn meine Kollegin oder ich konkret über uns erzählt haben. Also, wenn wir konkret erzählt haben, wie es uns geht und wie wir damit umgehen und wo wir Probleme haben und was wir für Erfahrungen gemacht haben. Das hat die interessiert, alles andere eigentlich nicht. Wenn ich dann im gleichen Zuge höre, daß Lehrer, die ich kenne, das überhaupt nicht dürfen, das ist denen regelrecht verboten, wenn die in einer Schule im Unterricht über sich etwas erzählen. Das sind Gründe, um sie dort rauszuschmeißen. Ganz eindeutig.

Helmut:
In der Sozialarbeit, würde ich im Unterschied zum Lehrer sagen, das finde ich auch sehr wichtig im Hinblick auf den Unterschied vom Lehrer zum Sozialarbeiter deutlich zu machen: der Lehrer hat normalerweise außer dem Sexualkundeunterricht nicht die Aufgabe, Zwischenmenschlichkeit als Hauptlernziel zu vermitteln. Er hat einfach Wissen zu pauken. Und der Sozialarbeiter der nun mal diese Schwierigkeit zum Beruf hat und dafür bezahlt wird, der muß ja im Grunde gerade möglicherweise noch seine eigene Sexualität erklären, als pädagogisches Mittel einsetzen, das ist ja total pervers! Es kommt dann so, daß du bei so einer pädagogischen Situation zum ersten Mal über deine eigene Sexualität bewußt nachdenkst und die überhaupt aussprichst.

Christoph:
Also, was ich wichtig finde. Erst einmal zu lernen zwischen der Selbstzensur und der Zensur durch die Institution zu unterscheiden. Zur Politisierung seiner Sexualität

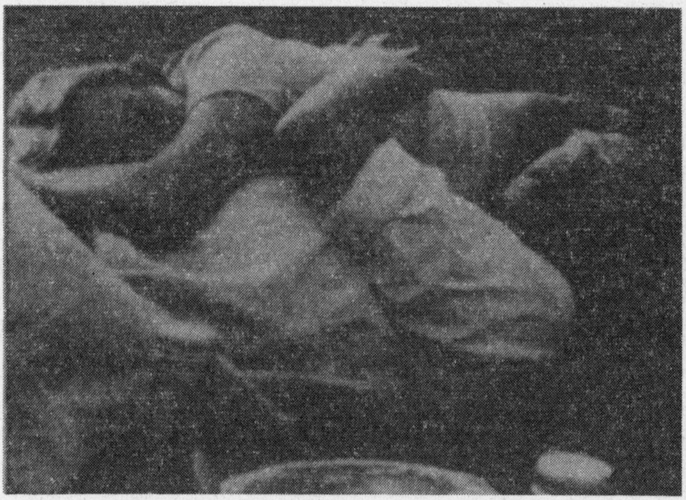

Foto: Päd Extra Sozialarbeit

gehört zu allererst, sie öffentlich zu machen. Das läuft ja so, daß man die Selbstzensur ableugnet und immer ganz schnell mit der Institution bei der Hand ist. Denkt: das kann man nicht machen, oder wenn die das mitkriegen. Ich glaube, daß das größte Problem erstmal die Selbstzensur ist und dann kommt erst mal die Institution. Und das muß man erst mal auseinanderhalten. Du läßt dir deine eigenen sexuellen Bedürfnisse gar nicht erst klar werden, du bist direkt mit der Institution da. Das darf nicht sein, es gibt Schwierigkeiten, mit den Eltern, mit den Vorgesetzten und, und und . . . Das ist wichtig, auch das Problem erstmal anzugehen. Erst mal klarmachen, wo und warum da die Selbstzensur ist.

Helmut:

Aber da muß man doch mal unterscheiden . . . Die Probleme waren früher doch anders, als Arbeitsplatzsicherheiten nicht so im Vordergrund standen, weil es doch viel Stellen gab und relativ wenig Leute. Wenn du heute dir die Frage überlegst, was passiert denn jetzt, wenn ich mich von der Selbstzensur befreie. Der und der mit in die Ferienfreizeit fahren soll, oder das und das untersucht werden soll, oder du deine Bedürfnisse so oder so auslebst, wenn du das nicht offen machst, auch wegen der Vorgesetzten. Du mußt im Grund von vornherein damit rechnen, daß ein Vorgesetzter da einen Riegel vorschiebt, und einen herrlichen Grund hat, dich als politisch unbequem auf eine sozusagen rechtmäßige Weise einfach kaltzustellen und zu sagen: Leute, hier sieht man es mal wieder, was der eigentliche Grund der Geschichte ist. Es braucht außerdem lange bis du einigermaßen kalkulieren kannst, und wie wird das ausgeschlachtet von der Institution. Oder bei Dienstreisen, ich kenne das von dem Institut, wo ich gearbeitet habe, da sind also auch Beziehungen gelaufen zwischen Praktikern und Wissenschaftlern . . . (allgemeines Gelächter) . . . und dann fahren dann die Leute auch zu den Tagungen hin, weil da die Leute sind, die sie kennengelernt haben, oder die fahren dann mal öfters zum Beratungsgespräch hin, weil die Leute auch da sind, die sie ganz nett finden. Und das kannst du natürlich nicht deutlich machen, machste Dienstreisenabrechnung, wo dann also drin steht, dreimal in der Woche da und da hingefahren.

Erhardt:

Man muß wirklich auch unterscheiden zwischen etwas liberaleren Trägern und anderen. Ich kenne Kollegen, die vor allem bei konfessionellen Trägern gearbeitet haben. Wenn die geschieden waren, auch bei evangelischen Trägern, und lebten mit einer anderen Frau zusammen, wurde denen ganz klar gesagt, das widerspricht dem christlichen Auftrag, dem wir hier nachgehen, wir legen ihnen nahe, die Einrichtung zu verlassen. Und die hatten wahnsinnige Angst, als sie dann zu uns kamen, offen zu sagen, wie sie leben. Daß sie geschieden sind, daß sie mit einer anderen Frau zusammenleben. Weil offenbar immer noch das Bild da besteht, von dem Sozialarbeiter, der mit solchen Dingen seriös umgeht, der klare Verhältnisse hat, der eindeutig beziehungsmäßig abgesichert ist und der da nicht in Schwierigkeiten kommt. Das ist nach wie vor sehr angstbesetzt. Und das hat auch Gründe. In der katholischen Kirche gibt es viele Fälle wenn jemand bei der katholischen Kirche 'erwischt' wird, daß er in einer Wohngemeinschaft wohnt oder daß er womöglich mit jemandem zusammenlebt, mit dem er nicht verheiratet ist, daß sind nach wie vor Kündigungsgründe, ganz klare existenzielle Bedrohungen.

Christoph:
Also, was mir da so eingefallen ist: Diese Sozialarbeit, die muß ja, damit sie disziplinierend wirken kann, sowohl von den existenziellen Bedürfnissen der Lohnarbeiter als auch der Klienten abstrahieren. Und andererseits auch wieder auf sie eingehen. Also in den totalen Institutionen von Sozialarbeit ist ja die Disziplinierung durch Sexualität bzw. durch Entzug von Sexualität, durch Ausgangsverbot, durch Knast im Heim, dadurch daß es Männer und Frauenabteilungen gibt, daß eben bei Festen darauf geachtet wird, in der Psychiatrie z. B., daß es da nicht zu "Ausschreitungen" kommt. Die Betroffenen werden mit Gewalt entsexualisiert. Das Klientel wird sozusagen asexuell oder hypersexuell stigmatisiert. Also entweder sind die Leute Kinder oder Alte, die sind asexuell wie Leute in der Psychiatrie z. B. oder im Knast. In deren "Krankheitsgeschichte" spielt immer eine Form von sexueller Auffälligkeit eine Rolle. Und diese sexuelle Auffälligkeit wird dann bestraft durch die Institution, durch Entzug von menschlicher Nähe und sexueller Erfahrungsmöglichkeit.

Entnommen aus: Päd-extra Sozialarbeit/April 1978

LEHRER — EROTISCH KASTRIERT?

Wir lagen zu viert auf der Wiese vorm Waldrand und spielten Skat. Wir trugen Badeklamotten, und die Frühsommersonne wärmte uns angenehm den Bauch. Beim Kartenspielen machte ich hin und wieder so kleinen, blöden Firlefanz, um Tina absichtlich am Bein oder am Körper zu berühren. Sie schaute mich jedesmal unheimlich freundlich an, so als ob: Mir tut das gut, mach weiter so. Am Abend vorher beim Tanzen hatten wir heftig geknutscht, nachdem ich sie einige Stunden vorher kennengelernt hatte. Jetzt waren wir noch schärfer aufeinander. Nach einer Stunde zogen die anderen ab. Tina und ich waren allein. Wir knutschten und streichelten uns, und Tina sagte plötzlich: „Schläfst du mit mir?" Auf eine solche Frage habe ich noch nie mit „Nein" geantwortet.Und sofort machten wir das Tier mit den zwei Rücken, wie das Rabelais nennt. Ein ziemlich hungriges Tier. Uns störte nicht, daß unser Spiel eventuell von dem abwärts gelegenen Bauernhof mitzuverfolgen war. Und niemand störte sich an Tinas lauten Rufen. Die folgenden Nächte während unseres Studienaufenthaltes schliefen wir regelmäßig zusammen.

Diese ganze Geschichte ist nichts Besonderes, sie wäre eigentlich gar nicht erwähnenswert. Wenn es sich hier nicht um einen Lehrer des Abendgymnasiums und eine Schülerin gehandelt hätte. Für mich und mein Selbstverständnis als Lehrer hatte diese harmlose Bumserei nämlich ganz wichtigen Stellenwert.

Sex und Lehrerrolle

Schon immer war ich spontan und aufgeschlossen und stark fixiert auf Hautkontakt mit Frauen, auf Streicheleien, Freundlichkeiten, Zärtlichkeiten, Knutschereien, Bumsereien - nach Sexualität in allerweitesten Sinne. Das war unproblematisch, solange ich studierte oder als Angestellter in einem Betrieb arbeitete, wo ich während der Arbeitszeit oft mit einem freundlichen Mädchen aus dieser oder jener Abteilung in einer einsamen Ecke stand oder mich abends nach Dienstschluß mit jemandem traf. Jetzt aber war ich Lehrer. Das war mein Konflikt. Als Lehrer beim Abendgymnasium hat man mit fast gleichaltrigen Frauen zu tun. Die Mehrheit von ihnen ist etwa 25, manche sind knapp 40 Jahre alt. Und Frauen bilden die Mehrheit der Studierenden. Und wenn ich beim Unterricht in ihre Gesichter gucke, entwickele ich sehr schnell sexuelle Bedürfnisse. Das fand ich in den ersten Wochen meiner Lehrertätigkeit ganz angenehm. Dann litt ich darunter. Starke sexuelle Reizungen erleben, aber die betreffenden Schülerinnen nicht anfassen dürfen - das entwickelte sich allmählich zur Folter. Ich fühlte mich bald in einer Krise, schwankte, ob der Lehrerberuf der richtige für mich sei, obwohl er mir doch Spaß machte und ich mich auch geeignet dafür fühlte. Das ganze Problem wurde durch die Tatsache verschärft, daß jeder am Abendgymnasium Tätige - ob Lehrer oder Studierender - aus dem allgemeinen abendlichen Vergnügungsleben abgezogen ist und sich deshalb mehr oder weniger einen Bekanntenkreis aufbaut, der mit dem Abendgymnasium zu tun hat.

Ich spürte, wie sich dieser Konflikt mit der Lehrerrolle mir ziemlich aufs Gemüt legte, eine sachte Depression verursachte und ich kaum noch in eine Stimmung der Freude hochrutschen konnte. Ich fühlte mich eingeschnürt. Gleichzeitig bemerkte ich, wie mein politisches und gewerkschaftliches Verhalten als Lehrer an Aktivität, Schwung und Optimismus verlor. Ich war nur noch ein halber Mensch.

Ich war „der Lehrer als erotisch kastrierter Typ", den Arno Combe in seiner „Kritik der Lehrerrolle" beschreibt: Unterdrückung von Affekten, Selbstzuchtspannung, Mangel an Spontaeität, Reserviertheit usw. Tina brachte die Befreiung. Ich veränderte meine Lehrerrolle. Saß ich vorher wie ein Automat vor der Klasse, der die Lernprozesse der Studierenden steuerte, ohne seine eigene Meinung, seine Gefühle zu zeigen, so öffnete ich mich jetzt den Schülern, zeigte Affekte und Meinungen. Nach und nach schaffte ich mir meine neue Konzeption der Lehrerrolle, Gespräche mit Studierenden und Lehrenden halfen mir dabei: Mensch sein, sich öffnen, Regungen zeigen, die Schüler zu bestimmten Wahrheiten hinführen, aber keinem Schüler meine Meinung aufzwingen. Nicht nur mein pädagogisches, sondern auch mein politisches und gewerkschaftliches Verhalten änderte sich jetzt: ich vertrat wieder aktiv meine Interessen als Lehrer. Was ich meinen Schülern beizubringen versuchte, das praktiziere ich jetzt auch selbst: wer sich nicht wehrt, lebt verkehrt. Innerhalb der Schule wurde ich wieder gelockerter, spontaner, zufriedener, freudiger.

Ein schlechtes Gewissen brauchte ich wegen Tina nicht haben: Sie hatte keinen Unterricht bei mir, war nicht notenabhängig von mir. Und nach Tina kamen andere Schülerinnen. Ich hatte die erste Stufe meiner Befreiung als Lehrer und als sexuelles Wesen hinter mir: ich schlief mit Schülerinnen, die ich nicht unterrichtete.

Erotik im Klassenzimmer

Jetzt aber begann der alte Konflikt auf einer anderen Stufe. Warum nicht auch mit Schülerinnen schlafen, die ich unterrichte? Denn während des Unterrichtsgeschehens, während des Arbeitens auf der intellektuellen Ebene spielt sich eine Menge ab auf der Gefühlsebene. Da sind Gefühle der Angst, der Freude, des Neids, der Konkurrenz, der Zuneigung. Von den Studierenden auf den Lehrenden und umgekehrt werden ständig Strukturen frühkindlicher Erziehung projiziert.

Da sind auch sexuelle Gefühle und Bedürfnisse. Man kann davon ausgehen, daß die meisten der am Unterrichtsgeschehen Beteiligten - in den ersten beiden Jahren müssen die Studierenden berufstätig sein; viele sind es auch noch danach - sexuell unbefriedigt sind. So kommt es durch Blickkontakt, Zulachen, Ermunterung, Scherz usw. zu Sympathie und unterschwelligen erotischen Kristallisationen. Kaum einer spricht darüber, überhaupt sind die meisten Studierenden relativ gehemmt und ungeübt im Ausdruck ihrer Bedürfnisse

Zeichnung: Stax Staguhn

und inneren Regungen. Doch gelegentlich erzählt mir eine ehrliche Frau davon. Dann ahne ich, wieviel erotische Phantasie während des Unterrichts in den Köpfen der Studierenden abläuft.

Wenn aber nun das Unterrichtsgeschehen ohnehin erotisiert ist, weshalb sollte ich also nicht auch mit Schülerinnen schlafen, die ich unterrichtete? Handelt es sich doch schließlich um erwachsene Menschen, die sich selbst bestimmen können. Ich habe mir über diese Frage ziemlich den Kopf zerbrochen, mit Leuten darüber geredet und Argumente hin und her gewälzt. Ich kann nicht sagen, daß ich dieses Problem für mich für immer gelöst hätte. Aber ich vertrete inzwischen folgende Meinung: eine Lehrer-Schülerin-Beziehung in einer Klasse kann, wenn sie bekannt wird, das Lernen in einer Gruppe ungeheuer erschweren. In unserer heutigen Situation, mit wachsendem Notendruck, mit steigendem Konkurrenzdruck, der von außen ins Abendgymnasium hineingebracht wird, scheint es mir nicht günstig, wenn ein Lehrer mit einer oder mit mehreren Schülerinnen aus seinem Kurs schläft. Das Vergnügen wiegt die erheblichen Nachteile für die Lerngruppe nicht auf. Und wer kann garantieren, daß die am Vergnügen Beteiligten jederzeit ihre Gefühle beherrschen? Ist nicht das Versteckenmüssen von Gefühlen eine Belastung für sie?

Ein älterer Kollege sagte mir: „Halten Sie sich an Schülerinnen, die Sie nicht unterrichten. Aber lassen Sie die Frauen aus ihren Kursen in Ruhe!" Das ist inzwischen meine Devise. auch wenn es mir schwerfällt. Denn auch jetzt fühle ich mich noch nicht als ganzer Mensch. Im Gegensatz zu früher jedoch fühle ich mich weniger behindert, weil ich eher bereit bin, diesen Nachteil der Lehrerrolle zu akzeptieren. Aber ich bin nicht mehr verkrampft dabei. Inzwischen bringe ich es schon fertig, daß ich, wenn ich einer meiner Schülerinnen auf die Schulter klopfe oder den Arm um sie lege, aus dem Gefühl menschlicher Wärme heraus handele und nichts Sexuelles im Hinterkopf habe. (Übrigens: sexuelle Kontakte von Lehrerinnen zu Schülern sind nach meinen Informationen wesentlich seltener als zwischen Lehrern und Schülerinnen. Hier stört wohl das traditionelle Rollenbild von Mann und Frau).

Bei der Herstellung von Kontakten mit Schülerinnen, die ich nicht unterrichte, bin ich nicht sonderlich aktiv, weil ich das fies finde, wenn man seine Lehrer-Funktion in die Waagschale wirft. Ich warte deshalb, bis eine Frau mehr oder weniger auf mich zukommt und überlasse das meistens dem Zufall. Die wenigsten Schülerinnen sagen klar heraus, wenn sie Sex wollen. Wenn eine sagt, was sie will, dann imponiert mir das ungeheuer, weil sich hier eine Frau gar nicht an die übliche Frauenrolle hält, sondern sie ganz selbstbewußt durchbricht. Die meisten Schülerinnen zeigen, wenn sie sexuelle Kontakte wollen, dem Lehrer zunächst ein Bedürfnis nach Trost und seelischem Beistand und erst später das Bedürfnis nach Sexualität. Wobei mir nicht immer klar ist, ob ich jetzt mehr als Lehrer begehrt bin oder mehr als Mensch, der ich ohne diese Funktion bin. Wenn ich merke, daß mich eine Schülerin nur interessant findet, weil ich Lehrer spiele, bin ich enttäuscht.

Klaus

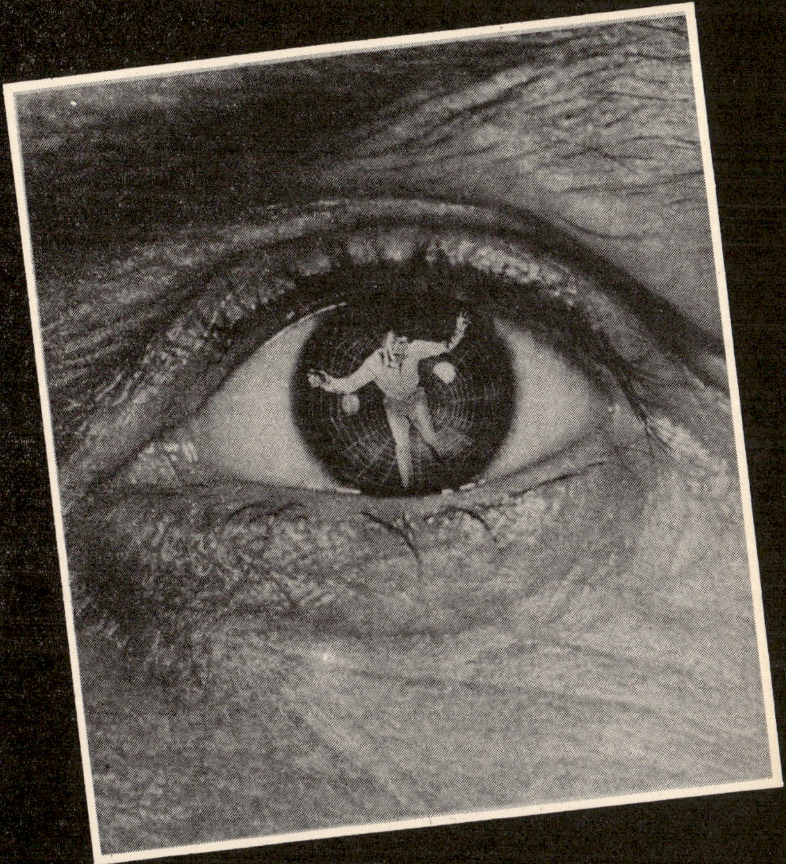

FANTASIE KENNT KEINE GRENZEN

GREETINGS FROM ECHO BEACH

Der Mann ist alleine. Einsam wie ein Mann sein muß, um ein Mann zu sein. Um ihn herum die schweißtropfende Dschungelnacht... Träumende Iguanas unter den Palmwedeln der Dämmerung, dahingeschmolzen unter dem Kristallhauch des Vergessens. Entfernte Ahnungen und verfehlte Erinnerungen umtanzen sein steinernes Gesicht. GRACE KELLY IN DEN ARMEN FRANK SINATRAS, ASCHENPUTTEL AUF DEM BALL DER EINSAMEN HERZEN, Pinocchios Nase, die zum dicken Penis anschwillt, während er Schneewittchen wachküßt mit dem Lied "True Love" auf den Lippen. Haut. Haare und Lippen. Angst und Geborgenheit. Tränen und Hilflosigkeit. Und immer eine starke Hand fürs schwache Geschlecht...

Der Mann hört in der Nacht die Brandung des bleiernen Meeres. Der Sand blitzt unter den Wellen hell auf. Leuchtflagellaten. Die Orchideen der Nacht sind verblüht. Ein kühler Lufthauch vom Meer her läßt die Farne im Unterholz des nahen Waldes erzittern. Er erinnert sich an die langen Abende und Nächte voller Gespräche und ängstlicher Zukunftsträume. Zwei männliche Körper auf dem Bett und die Intimität stundenlangen Redens. Und Berührungsängste...

Dann die Tagträume, alleine... die Versuche, sich vorzustellen, wie das wäre, eine Frau zu sein, einen Schwanz in sich zu fühlen, dort unten nicht nur einen Schwanz sondern auch ein Loch zu haben. Die immer wiederkehrende Unsicherheit

Foto: Hans Weyermann

im Benennen des Unnennbaren, im Aussprechen des Unaussprechlichen, der Umgang mit Hilfskonstruktionen, die Extreme, die sich gegenseitig bedingen und durchdringen. Gefühle, Liebe, Geilheit, ficken, miteinander schlafen, Titten, Busen...Wörter...

VOLLER GEILHEIT SCHOB ER SEINEN DICKEN ROTEN SCHWANZ IN IHRE ENGE UND NASSE VOTZE. MIT NUR UNVOLLSTÄNDIG GEBREMSTER BEGIERDE BEFRIEDIGTE ER IHR VERLANGEN, INDEM ER SICH ZWISCHEN IHRE WARMEN UND AUFNAHMEBE—

REITEN SCHENKEL SCHOB. "ICH LIEBE DICH" FLÜSTERTE ER, WÄHREND ER SIE ZÄRTLICH INS OHRLÄPPCHEN BISS UND SEIN ZEIGEFINGER DIE POREN IHRES HANDRÜCKENS ERKUNDETE. IN VIELEN LANGEN BRIEFEN HATTE SICH ZWISCHEN IHNEN EINE KAMERADSCHAFT ENTWICKELT, DIE ALLEN GEFÄHRDUNGEN UND ANFECHTUNGEN STANDHIELT. EVERYBODY LOVES SOMEBODY SOMETIMES... Variationen...

Die Zeit weht dunkle Wolken über den Mond. Das Wetterleuchten am Horizont rückt näher. Die Erinnerung an graue Herbstnachmittage mit der Gummiwärmflasche auf dem Bauch, auf dem pubertären Pimmel, an den Rauhreif der ersten nächtlichen Pollution, an die elektrischen Entladungen und Stürme bei Berührungen weiblicher Körper... Während er an die diffuse Geborgenheit des Bettes, unter der Wärmflasche, an die Geborgenheit in ihr und
in ihr und in ihr
und in ihren Armen und
in ihrem Schoß und
mit ihr und
durch sie und
durch sie und sie,
während er an die Geborgenheit in der gemeinsamen Hilflosigkeit und an die Unsicherheit und Ohnmacht denkt, streichelt er seine Hoden und seinen Schwanz und kommt zur NASHVILLE SKYLINE ins Papiertaschentuch...

Ein warmer Nieselregen setzt ein. Der Strand hallt wider von den noch nicht eingelösten Versprechen des Dschungels. Und er hört das Echo und weiß, daß es eine Schallquelle gibt, vielleicht auch viele, und er macht sich wieder auf den Weg durchs Unterholz...

Manfred Gillig

ZEIG MIR DEINEN KÖRPER
– EINE FANTASIE –

Zeichnung: Stax Staguhn

trotzdem
unter meiner zunge hart werden.
warmes gefühl durchströmt mich, als du jetzt die arme um meinen hals
legst und mich langsam zu dir hochziehst, zu deinem mund.
deine augen entspannt und tief mich anblickend, während deine zunge
ihren weg in meinen mund sucht.
o ich liebe dich.
dein kuß läßt mich schmelzen.
deine kleine, heiße hand schließt sich um meinen pochenden schwanz
und bewegt sich langsam auf und ab.
ja, du, so ist s schön. weiter, weiter, küß mich
ich liebe dich. sabine, geliebte
ja, oh

k.

WOHIN SOLL ICH GEHN MIT MEINER SEHNSUCHT ?

Ich heiße Alice, bin 29 Jahre alt, an den Beinen gelähmt und bin folglich zu einem Leben im Rollstuhl verdammt. Meine Eltern sind tot und ich lebe mit meinem Bruder (34) in einem Vorstadtappartement.

Mein Bruder ist einmalig. Er kümmert sich in Allem um mich. Er ist Angestellter bei einer Versicherung und ich sorge, soweit ich kann, für den Haushalt.

Natürlich habe ich keine Möglichkeiten andere Männer kennenzulernen, geschweige denn, mit einem auszugehen oder gar eine feste Beziehung einzugehen. Aber ich habe sehr viel Glück in meinem Unglück, denn mein Bruder ist auch ein wunderbarer Mann für mich. Er befriedigt alle meine sexuellen Bedürfnisse und ich bin sehr glücklich dabei.

Bis zu dreimal die Woche nimmt er mich vorsichtig aus dem Rollstuhl und legt mich behutsam auf das Sofa. Dann zieht er mich aus streichelt Brüste und Vagina solange, bis ich zum ersten Orgasmus komme. Dann streichele ich sein Glied bis es steif ist, er führt es in meine Vagina ein und ich habe oft sofort den zweiten Orgasmus. Aber auch wenn ich keinen Orgasmus habe, ist es schön.

Natürlich kann ich meine Beine nicht bewegen, und wir können uns nicht auf soviele Arten lieben wie andere Paare. Aber das behindert die Stärke unserer Gefühle und unsere innigen sexuellen Empfindungen nicht. Mein Bruder achtet sehr auf uns. Er stützt mich mit seinen Händen ab und hält mich im-

Foto: Sozialmagazin

mer oben. Meine Klitoris, das kann ich sagen, ist alles andere als gelähmt und ich fühle mich vollkommen befriedigt.

Obwohl ich meinen Zustand als Gelähmte schrecklich finde, macht mich der Inzest mit meinem Bruder zu einer sexuell glücklichen und unfrustrierten Frau. Sicher gibt es Frauen und Männer, die sind nicht gelähmt. Die haben es aber in dieser Beziehung, in der Sexualität, nicht so gut wie ich. Sicher, wir sind eine Ausnahme, und es wäre unheimlich dumm nun zu sagen:"Ausgleichende Gerechtigkeit" oder "So hat alles Übel noch seine guten Seiten". Solche Einstellungen verhindern nur, daß sich an der Lebenssituation der Benachteiligten grundsätzlich was ändert. Aber dennoch bin ich oft neidisch auf die "gesunden". Weil ich mir dann doch vorstelle, wieviel schöner es noch sein könnte, wenn es bei mir anders wäre.

Ich liebe meinen Bruder, und er sagte mir, er würde mich auch nicht verlassen, wenn er mit einer anderen Frau zusammenleben wolle. Wir würden trotzdem ein ganzes Leben zusammenbleiben.

Vor drei Jahren, als es mit uns begann, benutzten wir Kondome. Das gefiel uns aber nicht. Jetzt haben wir eine bessere Lösung. Da ich die Pille ablehne, ließ ich mir von einem Arzt die Spirale einsetzen. Jetzt können wir uns ohne Angst vor einer ungewollten Schwangerschaft frei lieben. Solange und sooft wir wollen.

Ich weiß, viele Menschen, nein die Meisten, verdammen den Inzest. Aber das darf uns nicht stören. Zwar wissen wir das, nehmen uns auch vor, uns davon nicht beeindrucken zu lassen, dennoch - es belastet. Zumindest soweit, daß wir öffentlich NIE dazu stehen könnten.

Was für uns zählt: Ich fühle mich sehr glücklich in der Situation. Mein Bruder ist ein wunderbarer Freund und Mann, der mit seiner gelähmten Schwester innige sexuelle Erfüllung erfährt. Der sie als Partnerin behandelt und es nicht aus Mitleid tut. Das ist schon ungeheuer viel, und nur das sollte zählen. Sonst nichts.

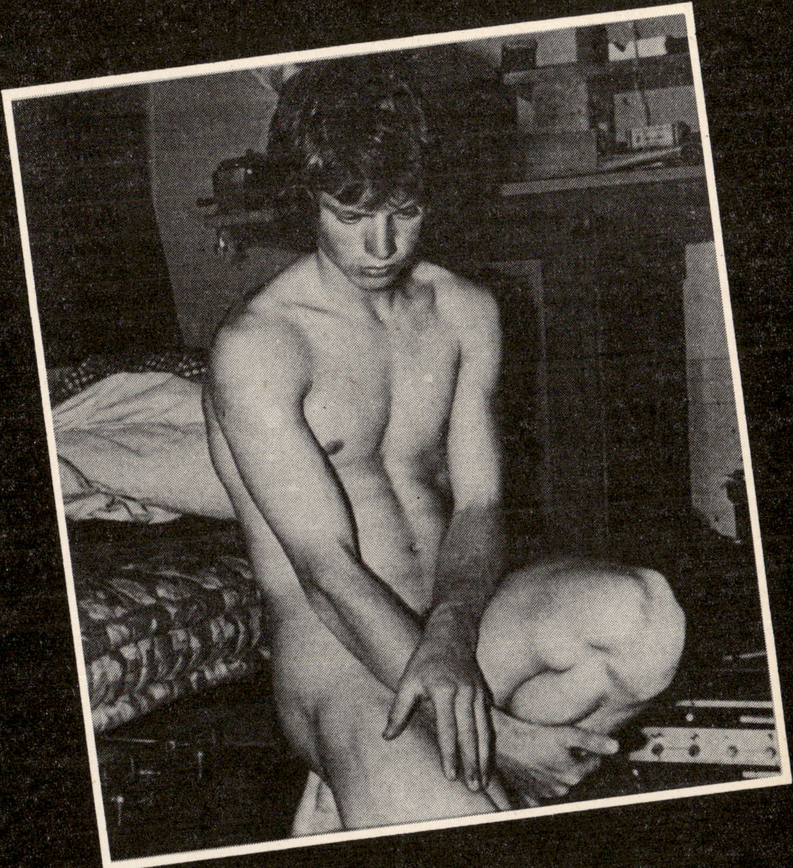

BERUFSSCHWULER ODER FREIZEITHOMO ?

IM STIL EINER PREDIGT

Von "Unzucht wider die Natur"
sprach der Papst,
von "Kranken,
denen man viel Geduld und Verständnis entgegenbringen müsse."

Das sind nicht meine Worte,
ihr Nonnen und Mönche in den Klöstern.

Gerald Jatzek

BERUFSSCHWULER ODER FREIZEITHOMO?

Mann, bleibst du Mann?
Eine falsch gestellte Frage.
Wie wirst du überhaupt erst Mann?
Und dann die Sache mit der Lust.
Ist Lust eine Zugabe zur Liebe
oder so viel wert,
daß man sie um ihrer selbst willen suchen sollte?
Also Lust notfalls auch ohne Liebe?
Bist du dann nicht beim Sex
-- und den auch nur halbherzig betrieben? --

Mann bleibst du Mann?
Nein, wir sollten fragen, Mann wie wirst du Mann?
Geht das nur in Abgrenzung zur Frau?
Hatten wir nicht schon ein drittes Geschlecht erfunden?
So etwas Zwitterhaft-Bisexuelles?
So ein Sowohl-als auch?
Kommen da nicht schon Männer in Frauenkleidern,
die eine Gesichtshälfte mit Bart,
die andere voll mit Lippenstift,
und bitten die Frauen,
sie doch zu vergewaltigen.

Mann bleibst du Mann?
Berufsschwuler oder Freizeithomo?
Konfessionsloser Schwuler oder katholischer Schwuler?
(Der Unterschied liegt darin,
daß der katholische Schwule sich gelegentlich auch schon
einmal zu einem Mitleidsfick mit einem ganz ganz alten
Homo aufrafft.)
Aber sagen wir es nur klar heraus, was wir denken.
Bloßes Schwulsein ist eintönig, ist langweilig.
Da fehlt einfach eine Dimension des Lebens.
Bedauernswert der Mann, der nie ein Mädchen,
der nie eine Frau umarmte.
Es mag Leidenschaften unter Männern geben,
die einen ehrlichen, gesunden Fick unter ihnen erlauben,
aber bleibend so leben: nein!
Nichts gegen schwule Betätigung, wenn Liebe im Spiel ist,
doch das Leben blüht nicht auf,
wenn man bloß schwul ist.
Es ist doch ein Unterschied, ob Schwulsein unausweichlich ist,
oder nur die Klaviatur meiner Erotik erweitert.
Frage, die euch, liebe Zeitgenossen,
vielleicht nicht mehr so brennend interessiert:
sollen solche Leute vom Christ;Sein ausgeschlossen werden?
Letztlich kann man auch gegen die Einehe Argumente sammeln.

Mann, bleibst du Mann?
Fragen wir noch einmal:
wie wurdest du Mann?
Als Knäblein, als Junge schien es unausweichlich,
Lust an sich selbst zu haben.
Das ist schlecht, bedeutete man dir.
Weil ein Partner fehlt.
Und bei den Spielen mit den Kameraden:
Pissen steckt an, wer nicht pisst, ist kein Mann,
da fehlte der andersgeschlechtliche Partner.
Und als er endlich da war, der andersgeschlechtliche Partner,
besser: sie da war, die ersehnte Partnerin,
da war das vorehelich und durfte nicht sein,
weil die Zusage auf Dauer und Treue fehlte,
die Liebe erst vollkommen macht.

Blieb nur die Ehe.
Und die sollte plötzlich nicht überfrachtet sein
mit Ansprüchen?
Seht doch die vielen minderjährigen Witwen im Lande,
verehrte Lebensmitbenutzer,
verpennte Menschenfeinde.
Die kleine, süße Mädchen mitnahmen
als wären sie Christbaumschmuck,
hörten dann von ihnen, wenn sie zu Frauen wurden:
Seid ihr Männer
oder Ersatzteile?

O ja, die Last mit der Lust.
Ist Lust nicht wirklich nur eine Zugabe zur Liebe
trotz der vielen antibiotischen Verliebtheit im Lande?
Ja, was sind wir nackt angezogen.
Aber es gibt eben nicht nur eine Sorte Glück.
Das müßte man zuerst neu verstehen.
Aber weil wir das nicht verstehen,
geht es in Deutschland wieder von vorne los:
Herr Studienrat: der Wolfgang hat der Stefanie
einen Kuß angedroht.
Rausch, Suff und Paarung in Deutschland.
Und nicht zu vergessen:
Zehntausend Leute sind auf einen einzigen Ball fixiert,
wie man ihn ins Loch buxiere.
Verstehst du jetzt besser?
Aber lenken wir nicht ab.
Die Frage lautet nicht: Mann, wie bleibst du Mann,
sondern: soll man Lust um ihrer selbst willen suchen
oder ist sie nur Zugabe für den, der liebt?

Michael Zielonka

BALL PARIS

Das neue Jahr war gerade einige Tage alt. Er fühlte sich elend, schleppte sich durch die Gegend. Er konnte nichts essen, fühlte sich schlapp. Sein Gesicht war grau. In diesem Zustand suchte er den Arzt auf, der zunächst eine Darmerkrankung feststellte. Als die Medikamente nicht halfen, folgte die nächste Diagnose - Hepatitis. Es war der 12. Tag des neuen Jahres als er, begleitet von seiner Frau, zum Krankenhaus fuhr. Die Fahrt ging vorbei am Knochenakker auf dessen Seite das Krankenhaus - eine ehemalige Kaserne lag. Der Tag war wolkenverhangen - es regnete.

Auf der Infektionsstation blieb ihm nicht einmal Zeit sich von Ilse zu verabschieden, als ihm ein Pfleger das Zimmer zuwies, das Flügelhemd übergab und ihn allein damit ließ. Ein etwa 50-jähriger Mann aß gerade seine Mahlzeit, bei deren Anblick es ihm übel wurde.

Er versuchte das Flügelhemd anzuziehen und setzte sich ermattet aufs Bett. In diesem Augenblick kam der Chefarzt mit seinem Gefolge zur Visite. Der Arzt tastete seinen Bauch ab, gab ein paar Anweisungen in lateinischer Sprache, erkundigte sich nach seinem Beruf. Bald darauf kam der Stationsarzt, zapfte Blut bei ihm ab und legte einen Tropf an.

Es setzte jene Monotonie ein, die im Krankenhaus üblich ist. Wecken, Frühstück, Besuch einens Arztes, Infusionen, Tabletten, Mittagessen, Abendbrot und ein nicht endenwollender Abend. Mit Inge konnte er nur am Klofenster sprechen. Sie kam jeden Tag und er freute sich auf ihren Besuch.

So ging es 6 Wochen lang, die Werte waren nicht gefallen. Eines Abends als Ilse anrief, heulte er. Sie versuchte ihn zu beruhigen, aber es half nichts. Die totale Isolation und der schlechte Krankheitsverlauf hatten ihn geschafft. Ein Patient in seinem Zimmer, der mit Hepatitis eingeliefert war, starb an Leberzirrhose.
Während eines langweiligen Fernsehabends öffnete sich die Tür zum Krankenzimmer und ein neuer Patient kam herein. Er schätzte ihn auf 16 Jahre. Unbekümmert stolzierte er durch das Zimmer, räumte seine Sachen im Schrank ein, zog sich aus und sah sich sein Krankenbett genau an. In seinem kurzen Schlafanzug und seinen roten Socken sah er lustig aus. Die Schwester kam herein, nahm seine Personalien auf. Der Neue stellte sich bei ihm vor. Er hieß Andy und hatte wie er Hepatitis. Er erklärte Andy, wie der Tagesablauf war und welche eventuellen Behandlungen an ihm vorgenommen würden. Dann klingelte Andy die Schwester zu sich, da er noch Hunger hatte. Als diese mit Tee und Keksen kam, machte er ein langes Gesicht.- Er gab Andy Obst und Kuchen, den er noch in seinem Schrank hatte. Andy bedankte sich bei ihm. Der Neue erzählte von seinen Eltern, von der Mutter, die zur Kur und vom Vater, den er nicht ausstehen konnte und mit dem er dauernd Krach hatte, von dem Autounfall, den er einige Tage zuvor hatte.

Er war von dem Augenblick an, wo Andy das Zimmer betrat, von ihm fasziniert. Er konnte es sich nicht erklären, aber seine Reden, seine Unbekümmertheit, seine Ablehnung jeglicher Autorität, seine Art, wie er sich gab, machten ihn sympathisch. Andy hatte ein rundes Gesicht, auf dem sich der Ansatz eines Bartes bildete. Der Kontakt zu Andy wurde von Tag zu Tag freundschaftlicher. Er hatte Andy liebgewonnen. Dieser Junge verkörperte für ihn seine eigene Jugend, die für ihn mit seinen 39 Jahren, schon lange zurücklag. Er fragte sich, ob er so etwas wie eine Jugendzeit überhaupt erlebt hatte.

Als er 1939 geboren wurde, illegal, wie er es nannte, wurde er, der Sohn eines Offiziers im Alter von 2 Jahren in ein

Kinderheim gegeben. Die Verwandtschaft durfte es nicht wissen. Bei Pflegeeltern war er groß geworden - der Vater immer magenkrank, die Mutter ging Putzen. Das Einkommen war gering - man ließ im Laden anschreiben. Er war ein stilles Kind, heulte, wenn ermal laut angesprochen wurde. Die Erwachsenen in seiner Umgebung meinten, daß er wie ein Mädchen erzogen würde.

Nach der Schule machte er seine Lehre bei einem senilen Anwalt. Die Prüfung mußte er wiederholen.

Beim Barras fühlte er sich nicht wohl. Er geht nach Köln, wo er bei einer Versicherung arbeitet. Rolf, sein Freund von der Schule, arbeitet hier auf einer Bank. Beide sind unbeweibt - als er bei Rolf übernachtet, kommt es zum gegenseitigen körperlichen Kontakt, der mit einem Orgasmus endet.

Zu dieser Zeit ist er politisch interessiert. Er macht mit bei der Ostermarschbewegung und organisiert Aktionen gegen den Krieg in Vietnam. Seine Arbeit in einem Verlag bringt ihn mit Menschen zusammen, die wie er politisch interessiert sind.

An den Wochenenden ist er allein in seiner kleinen Wohnung in der Stadt. Ilse lernt er auf einer Demonstration kennen. Sie ist Witwe, ihr Mann starb an Krebs. Ihre beiden Kinder Anna und Robert sind 16 und 18 Jahre alt. Sie arbeitet in einer Druckerei. Auf einer Geburtstagsfeier seines Freundes ist auch Ilse. Als er beschwipst ist, fällt ein Bier auf Ilses Kleid. Später - am Abend bringt er sie nach Hause. Sie fragt, ob er bei ihr übernachten will. Später im Bett hat er Schwierigkeiten. Erst am frühen Morgen bekommt er einen Orgasmus. Ilse besucht ihn jetzt oft in seiner Wohnung. Einige Zeit später heiraten sie und beziehen eine größere Wohnung in der Stadt. Ilses Kinder akzeptieren ihn nicht. Es kommt zu Schwierigkeiten mit dem Sohn. Die Auseinandersetzungen häufen sich. Ilse geht ganz in ihrer Mutter-Rolle auf. Er hat den Eindruck, als sei er ihr großer Sohn. Die körperlichen Beziehungen flachen ab. Der Sohn wechselt oft die Lehrstellen. Als der Krach wieder einmal unerträglich wird, sucht er sich in der Stadt ein Zimmer.
Die Distanz zu Ilse ist für ihn unerträglich. Abends bleibt er nicht in seiner Wohnung, sucht Kneipen auf, in denen er sich wohl fühlt. Eines Tages lernt er einen Strich-Jungen

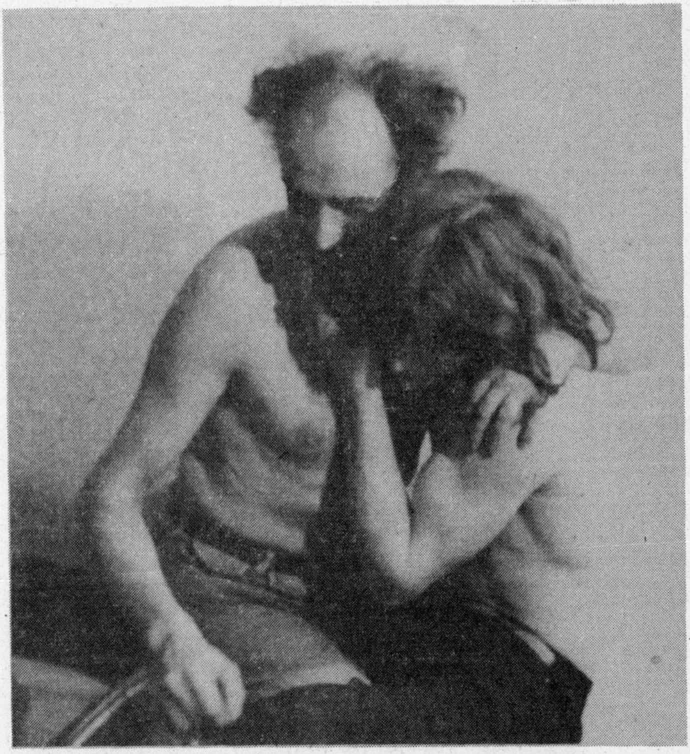

Foto: Kaspar Pfenninger

kennen. Er nimmt ihn mit in seine Wohnung. Nachdem sie ausgiebig aus ihrem Leben erzählt haben, gehen sie gemeinsam ins Bett. Die Berührung eines Männer-Körpers ist für ihn angenehm, das gegenseitige Streicheln der Körper und den gemeinsamen Orgasmus erlebt er intensiver, wie nie zuvor. Sie sehen sich noch einige Male, dann verlieren sie sich. Im "Ball Paris", in dem nur Männer verkehren, die Männer mögen, lernt er einen Seemann kennen, mit dem er nach Hause fährt. Die Beziehungen zu ihm sind nur körperlich.

Nach einem halben Jahr zieht er wieder zu Ilse. Die Möbel erhält Robert, für den er in der Stadt eine kleine Wohnung mietet. Ilse pachtet sich einen Garten, er findet Schrebergärten kleinbürgerlich.

Monotonie bestimmt ihr Leben. Aufstehen, ins Büro gehen, nachmittags einkaufen, zu Hause Essen kochen. Ilse ist abends physisch am Ende. Während er ausgehen will, möchte sie nur schlafen. Ilses Hobby ist der Garten. Körperlich kommen sie nur noch nach Monaten zusammen.

Wie ein Film liefen diese 39 Jahre seines Lebens in dem weißgekälkten Krankenzimmer für ihn ab.

Andy verkörperte den Teil seines Lebens, der für ihn am unerfreulichsten war. Noch jetzt hatte er Alpträume, in denen die Schule und seine Lehre eine Rolle spielten. Im Traum besuchte er immer noch die alte Schule und das verfallene Haus am Amtsgericht, wo das Anwaltsbüro war. Glücklich war er nur einmal, als er mit 14 Jochen kennenlernte. Er war für ihn Freund und Freundin zugleich. Wenn er bei Jochen übernachtete, entdeckten sie ihre Körper. Sie legten sich aufeinander und spielten Freund und Freundin. Daß Jugend für ihn etwas Vergangenes war, wurde ihm jetzt deutlicher wie nie bewußt. Er versuchte sein Alter zu verdrängen, indem er sich jugendlich anzog. Sein Körper war gesetzter, die Haarpracht war zu einer Halbglatze geworden.

Durch Andys Jugend wollte er selbst noch einmal jung sein. Hier im Krankenhaus wurde ihm das klarer als je zuvor bewußt.

Die Tage im Krankenhaus gingen jetzt für ihn schneller um. Im Krankenbett balgte er sich mit Andy, dieser zeigte seinen ganzen Übermut. Die Schwestern schimpften morgens, wenn das Zimmer wie ein Chaos aussah.

Es kam der Tag, an dem Andy entlassen wurde. Er lief ziellos über den langen Korridor. Es kam vor, daß er in das Zimmer ging, wo Andy gelegen hatte, unter dem Vorwand, sich eine Zeitung ausleihen zu wollen.

Als er nach einer Leber-Punktion im Valium-Nebel lag, besuchte ihn Andy. Seine Haare wirbelten um seinen Kopf herum.

Er war glücklich ihn zu sehen, zog ihn runter zu sich ans Bett und sagte ihm: "Ich hab dich gern". Andy fragte zurück, "so gern wie deinen Sohn?" Ja, sagte er. In den Wochen

Foto: Kaspar Pfenninger

darauf kam Andy öfters zu ihm ins Krankenhaus.

Nach 2 Monaten konnte er das Krankenhaus verlassen. Zu Hause telefonierte er sofort mit Andy. Einmal sagte er es ihm am Telefon, "Andy, ich habe mich in dich verliebt!" Andy fragte unbekümmert zurück "So verliebt wie in eine Freundin?" Er antwortete ja. Sie sahen sich jetzt häufiger. Andy erzählte von der Scheiß-Lehre und daß er sich jetzt eine eigene Wohnung suchen wolle. Andys Freund war in der gleichen Situation. In Ilses Gartenhaus treffen sie sich, um Pläne zu machen. Bei Bier und Musik diskutieren sie bis spät in die Nacht. Er übernachtet mit Freunden von Andy im Gartenhaus, Andy geht nach Hause.

Am Morgen darauf stehen die Kleingärtner am Zaun und sehen voller Mißtrauen auf die ihrer Meinung nach Langhaarigen. Als Ilse am Nachmittag in den Garten kommt, schauen sie mitleidig. Für ihn bestätigt sich sein Vorurteil — die Leute sind reaktionäre Kleinbürger.

Er spricht mit Ilse über alles. Ilse verlangt, daß er die Beziehungen zu Andy einstellt. Die Verwandschaft von Ilse schlägt Krach und die Mutter rät zur Trennung.

An einem Abend sprechen sie sich aus. Andy macht ihm klar, daß er weiter sein Freund sein will, eine körperliche Beziehung lehnt er aber ab.

In den Mittagspausen treffen sie sich. Andy hat jetzt eine kleine Wohnung.

Als er mit Ilse in Urlaub fährt, sind seine Gedanken bei Andy. Er sieht ihn nach dem Urlaub wieder. Abends gehen sie in einen Beat-Schuppen.

Nachdem er eine 4-wöchige Kur hinter sich hat, versucht er wieder mit Andy Kontakt aufzunehmen. Er merkt, daß Andy häufige Kontakte mit ihm vermeiden will, indem er keine Zeit hat.

Tage und Wochen vergehen - er hört von Andy nichts. An Andys 18. Geburtstag schickt er ihm eine Kette mit einer Plakette, auf der sein Sternzeichen abgebildet ist. Andy ruft ihn an und bedankt sich bei ihm.

Manchmal sieht er ihn noch, wenn er in einem Pulk von Freunden durch die Stadt schlendert.

Seine Gedanken gehen zurück zu den Tagen, wo sie sich zum ersten Mal trafen. Doch das ist nun vorbei.

Karl-Heinz Kammertöns

LEIDER IST UNS KEINE BEGEGNUNG ZWISCHEN JESUS UND EINEM HOMOSEXUELLEN ÜBERLIEFERT

Die für homoerotisch empfindende Zeitgenossen gemachten Zeitschriften "Him" und "Du und Ich" schießen sich mit schöner Regelmäßigkeit immer wieder auf die katholische Kirche ein: Manchmal scheint's in Ermangelung anderer Beiträge, doch wenn sie es tun, stets unter dem Aufschrei, daß die katholische Kirche ihrer Meinung nach Homosexualität brutal ablehne. Stimmt dieses Bild oder hat man hier zu differenzieren? Man hat. Die wissenschaftlichen Publikationen in der sogenannten Moraltheologie, die sich mit diesem Thema auseinandersetzen, differenzieren nämlich selbst und dies schon seit einem Zeitraum von ungefähr zehn Jahren.

Nach der traditionellen Moraltheologie - sagen wir in der Folge besser Ethik dazu - sollte Geschlechtlichkeit grundsätzlich der Fortpflanzung dienen. Fortpflanzung war der absolute Maßstab. Da Fortpflanzung in der homosexuellen Betätigung per se unmöglich ist, konnte entsprechend auch die Homosexualität nicht positiv beurteilt werden. Eine Änderung trat erst ein, als Fortpflanzung nicht mehr als der alleinige Maßstab zur ethischen Beurteilung von Geschlechtlichkeit zu gelten begann, sondern genauso hoch die Liebe als Maßstab eingeschätzt wurde. Wo Geschlechtlichkeit in den Dienst der Liebe trat, also im lebendigen personalen Bezug zu einem Partner, wurde sie seither ethisch positiver beurteilt. Von diesem Kriterium "Liebe" her wurde in der Heterosexualität vorehelicher, außerehelicher und nachehelicher Geschlechtsverkehr zwar nicht empfohlen, aber doch verständnisvoller beurteilt. Von demselben Kriterium "Liebe" her kam dann auch die Bewertung der Homosexualität in ein positiveres Fahrwasser, denn wer wollte grundsätzlich abstreiten, daß nicht auch zwischen Personen gleichen Geschlechts eine Freundschaft übersteigende Beziehung möglich ist, die den Namen Liebe verdient und die sich auch körperlich ausdrücken will. Beobachtungen an (männlichen) Homosexuellen in Bars, Parks, Bedürfnisanstalten, Bahnhöfen und sonstigen Treffs zeigen jedoch, daß der Wert Liebe der homosexuellen Betätigung nicht automatisch nachgeworfen werden sollte. Im Umgang der Homophilen miteinander, das sei die Behauptung dieses Aufsatzes, dominiert bei weitem die Variante narzistisch geprägter Eigenliebe. Sicherlich sind Beobachtungen kein stringenter Beweis dafür, daß narzistisch geprägte Eigenliebe bei der Homosexualität stärker dominiert als bei der Heterosexualität, doch spricht manches dafür, daß es nicht unberechtigt ist, Homosexualität als eine nur raffinierter inszenierte Form von Eigenliebe anzusehen, als eine technisch bessere Form von Selbstbefriedigung. Als Beispiel dafür kann gelten das komplizierte Ritual homophiler Partnerwahl, die grassierende Feminisierung bei einem nicht unbedeutendem Teil der Homosexuellen, vor allem auch der lieblose und vorneurotische Umgang mit gealterten Homophilen.

Wenn also hier behauptet wird, daß die Eigenliebe bei den Homophilen dominiert, so geschieht das nicht von außen her, sondern ist abgelesen an solcher Art der eben gebrachten Beispiele, kurz, am Umgang des Homophilen mit seinesgleichen. An diesem Umgang mit sich selbst und seinesgleichen hat sich auch nichts geändert, seit in Deutschland und Österreich der Geschlechtsakt unter Männern nicht mehr unter Strafbedrohung steht.

Zentriert auf unser Thema zurückkommend bedeutet das, daß die Liebe als positives Kriterium für die ethische Beurteilung der Geschlechtlichkeit in ihrer Anwendung auf die

Homosexualität durch die Eigenliebe des Homophilen selbst eingeschränkt wird.

Mit der Abhandlung dieser beiden Prinzipien der Geschlechtsethik, Fortpflanzung und Liebe, ist die Prinzipienfrage jedoch noch nicht erschöpft. Moderne Autoren haben die Lust selbst zu einem positiven Kriterium erklärt, womit Geschlechtlichkeit definiert werden könnte als "lustvoll erlebte menschliche Kommunikation". Unter diesem Kriterium der Lust ergäbe sich für die Homosexualität wieder ein Mehr an positiver Beurteilung, jedoch muß gleich hinzugesagt werden, daß vielen Fachleuten in ethischen Fragen die Lust als Prinzip menschlicher Geschlechtlichkeit (auch der Heterosexualität) als zu wenig und auf die Dauer als verarmend oder gar zerstörerisch erscheint. Nirgends sind wir Menschen so verletzbar als dort, wo wir lieben, die Kirche bezieht auch von daher das Recht, etwas zur Verteidigung der Liebe zu tun. Darin versucht man wirklich, auch der Homosexualität gerechter zu werden. Die Angriffe der eingangs zitierten Zeitschriften sind insofern unberechtigt und überholt. Allerdings wird es wohl kaum je so weit kommen, von der Kirche und ihrem Verkündigungsauftrag her, Homosexualität als "das Selbstverständlichste von der Welt" anzusehen, wie die Herausgeber von Anthologien zu dieser Frage. Homosexualität kann nur toleriert, in gewissen Fällen, wo wirklich Liebe im Spiel ist, akzeptiert, sonst aber niemals empfohlen werden. Das heißt nicht, daß der einzelne Homosexuelle, der wie jeder Mensch sicherlich auch religiöse Bedürfnisse hat, von Kirche grundsätzlich ausgeschlossen bleiben soll. Jesus hat gerade die Ausgestoßenen und nicht Tolerierten angenommen. Leider ist uns keine Begegnung zwischen ihm und einem Homosexuellen überliefert. Gewiß hätte er ihn angenommen. Doch Annahme eines Menschen hieß auch für Jesus nicht billige Absegnung seines Tuns.

Abschließend sei hier dann allerdings nicht unerwähnt, daß einige Autoren, die sich mit ethischen Fragen auseinandersetzen, ausdrücklich sehen, daß die Ächtung der Homosexualität durch das Judentum jahrhundertelang im Christentum mitgeschleppt wurde. Im Judentum war diese Ächtung wohl nicht zuletzt dadurch entstanden, daß alle geschlechtlichen Energien in die Heterosexualität fließen mußten, um dem kleinen Volk Israel gegenüber den volkreichen Kolossen der Nachbarstaaten eine Überlebenschance zu geben. Dies nur nebenbei. Für uns bleibt festzuhalten, daß die Stellungnahme der katholischen Kirche in der Frage der Homosexualität, wenn man sie kennt, durchaus ausgewogen und differenziert genannt werden darf. Solange aber sich Homosexualität selbst diskreditiert als eine bloß raffiniertere Form von Selbstliebe und technisch bessere Form von Selbstbefriedigung, werden kirchliche Vorbehalte nicht aussterben.

Michael Zielonka

EIN BIER AUF ABRISS

Sitze heute Abend auf einem Tisch. Und mein Bier wird bezahlt von P.M. P.M. zahlt auch mein nächstes Bier, denn er hat einen gelegt, heute. Und P.M. lacht. Er lacht immer, wenn er einen gelegt hat. Dann erzählt er mir die Geschichte.

Er sei in ein Cafe gegangen. Und dort hat ihn einer angehauen. Ich gebe Dir n'Lappen, sagt der, wenn Du mir einen lutschst. (N'Lappen ist hundert Franken.) Und lutschen macht niemand gerne, s'ist echt widerlich. Und die alten Kerle stinken. Da habe er den Typ auf die Toilette geschickt, sich n'bisschen zu waschen, das schadet nicht. Und wie der andere auf der Toilette war nahm P.M. ihm die Schlüssel und den Lappen und schloss die Wohnungstüre von aussen. Wie der andere an seine Wohnungstüre geklopft hatte, das war lustig, man hörte es noch in der untersten Etage!

P.M. lachte. P.M. lacht immer wenn er einen gelegt hat. Und dann bestellt er uns noch ein Bier. Dann erzählte er mir die nächste Geschichte.

Kaspar Pfenninger

VOLLER EKEL UND ENTSETZEN

Vater! Vater! Ich bin geschüttelt von Ekel und Liebe. Du sitzt vor mir und weinst, weil die Mutter im Krankenhaus liegt und du allein bist. Und ich bin voller Entsetzen und zerstörter Liebe und Haß. Ich möchte in dein aufschwemmendes Gesicht stoßen und diese schlaffen Wangen zerfetzen, ich möchte aufspringen und schreien, dir den Kaffee ins Gesicht schütten und schreien, was du dir anmaßt. Wo warst du, als die Mutter allein war? Wo warst du, als sie vergiftet im Bett lag? Meine Liebe und Sehnsucht hat sich zerteilt und verflüchtigt auf all die anderen Wesen mit den kantigen Formen, den rauhen Häuten und verschlossenen Lippen. Ich sehe, wie ich mich anklammere an dich voller Entsetzen und Ekel, und schreie, daß du doch aufhören sollst, zu brüllen und die Mutter zu schlagen, wie ich meinen Kopf an deinen fetten Saufbauch presse und in den muffigen Schlafanzug weine und unter dem Stoff dein wabbelndes Geschlecht spüre, wie ich schreie, daß ich dich ja auch liebe, und dich doch hasse und vernichten will, wenn ich nur könnte, wenn ich nicht so klein und hilflos wäre. Du hast die Mutter gewürgt, weil sie nicht abtreiben wollte mit der Stricknadel, du hast nichts getan, als sie zwei Tage vergiftet im Bett lag, du hast gesoffen und geschrien und geschlagen und Geld an uns verteilt. Du hast gesagt, daß wir verkommen seien, Verbrecher, du hast uns gelobt vor den anderen Leuten, hast den stolzen Vater demonstriert, wenn

wir nicht dabeiwaren. Uns hast du verflucht und abgewiesen, hast dich verschlossen und gedroht mit Erziehungsanstalt. Es gibt keine guten Väter: Väter, die zärtlich sind und ihren Söhnen zuhören. Väter sind Unterdrücker, Schläger, Säufer, Ficker. Väter sind dumm und verständnislos und brutal. Ich hasse Menschen, die behaupten, ihre Väter zu lieben und zu verehren. Väter sind Feinde. Väter müssen bekämpft werden und vernichtet werden. Väter sind Monster, Väter sind Männer. Die mit den kantigen Gesichtszügen, den Haaren, den dunklen Stimmen, den Muskeln, den Hoden, den breiten Händen. Väter sind die, die gesucht werden von ihren Söhnen. Väter sind die unberührbare Sehnsucht, die getötete Liebe.
Januar 1977

Heute bin ich 22 und überlege, ob ich meinen Vater noch hasse. Als Kind hatte ich ständig die Fantasie, ihm irgendwann das lange Brotmesser in den aufgedunsenen Bauch zu rammen. Ich wußte, daß es Leute gab, die das für normal hielten, normal in dem Sinne, daß es sich einmal von selbst gäbe, wenn man erwachsen würde und alles besser verstehen. So hörte ich einen im Film sagen: „ . . . Eltern? . . . wie das immer so ist . . . zuerst haßt du sie . . . irgendwann verstehst du sie . . . und schließlich liebst du sie wieder . . . “ Ich habe diese Leute deswegen gehaßt. Ich wollte mir meinen Haß und die Mordfantasien nicht nehmen lassen, sie waren einzig und bedeuteten meine Identität. Und ich kriege einen Haß, weil ich hier überlege, ob was Wahres dran sein könnte. Mich kotzt jeder an, der mir erzählt, er liebe seinen Vater. Ich werde mißtrauisch.

Thomas verstehe ich, der sagt daß er seinen Vater einmal sehr geliebt habe und ihn jetzt verachte. In dessen Abwesenheit hat er Fantasien, ihm alle Ungerechtigkeiten, Heucheleien und Anmaßungen an den Kopf zu werfen. Doch wenn sein Vater da ist, verstummt er vor dessen stattlicher Erscheinung und der unangreifbaren Persönlichkeit des anerkannten Technikers und Erfinders. Er kauft eine Platte, die seinem Vater gefallen hat, und schenkt sie ihm. Darüber ist er wieder verzweifelt, und seine Wutfantasien überschlagen sich. Auch darum liebe ich ihn. Kurz bevor ich von zuhause fortging, habe ich mich zweimal mit meinem Vater geprügelt. Eine Glasscheibe, in die er mich stieß, und eine Brille, die ich ihm zerschlug, sind dabei draufgegangen, und jede Art von Illusion, daß ich ihn jemals geliebt haben könnte; jede künftige Selbstlüge. Herrmann konnte ich von dem Moment an nicht mehr ernst nehmen, als er von der Verehrung sprach, die er seinem Vater ENTGEGENbringen würde, und den Schuldgefühlen, weil ihm dieser ein-armige katholische Ex-Bankier, dieser CDU-Stadtrat, das Studium finanziert. Diesen Vater, der seinen ältesten Sohn als kleinen Jungen schon in ein Priester-Seminar steckte, weil in jede gehobene bayerische Katholiken-Familie ein Priester gehört. Der seinen Sohn damit, obwohl der den Absprung noch schaffte, für immer zum erwachsenen Kind verdammte. Ich habe meinen Vater geküßt auf dem Bahnsteig, zwei Jahre nach den Prügeleien, als er mit der Mutter ins Allgäu kam, als sie 700 km durch dies verfluchte Land gefahren waren, um ihren Urlaub in meiner Nähe zu verbringen. Ich wollte das nicht! Es war eine Zwangssituation! Aber kann es eine solche Zwangssituation noch geben, wenn man seinen Haß schon einmal mit der Faust hat landen lassen?

Eine Autobiografie oder sonstwas Literarisches, welches das eigene Leben nicht verklemmt auslassen will, muß mit den Vätern beginnen; besonders wenn du schwul bist. Soll mir kein Schwuler ohne Vater daherkommen! All diese Söhne in den schwulen Diskotheken, all diese Söhne! Vor allem ihr aufgepumpten Lederkerle, was seid ihr doch für Söhne! Freut euch! Wenn ihr es nur nicht so vertuschen wolltet und damit erst recht bloßlegt! Ihr seid Söhne und deshalb meine Brüder; ich finde euch lächerlich und liebe euch, was solls!?

Ich habe noch zu wenig Männer berührt! Jawohl! Ich will mehr Männer berühren, ich habe eine totale Lust auf Männer, Burschen, Knaben, weiß-der-Geier! Dieses unbekannte Geschlecht, ich kenne es zu wenig, ich will in diese tausend Einsamkeiten finden, in die Ängste und Lächerlichkeiten, die Heroismen und Gefahren einer sterbenden Macht, die Moleküle der Veränderung beobachten und spüren . . .

In der Studenten-Sauna . . . Diese verborgenen Zartheiten, die sich kläglich hinter Muskeln zu verbergen suchen! Der gedrungene, plumpe Perser, entstellt vom Bartwuchs, der grinsend und mit zuckenden Augen von der Macht der Männer und der Schwäche der Frauen redet, dabei die Beine anzieht und mit den Armen umschlingt . . . Ich schau mir die Kerle an. Ich mag ihre Schwänge, natürlich die schöngeformten und großen, ganzklar! Die Muskelprotze sind nicht übel, ganz interessant, aber lieber sind mir die Geschmeidigen, die sich nicht so aufblasen. Die Muskelprotze sind ja nur armselige Schablonen, leblose Luftballons! Die können ja kaum laufen!

SOFTIES mag ich; verschüchterte, verunsicherte, zärtliche Burschen, die Brüder! Ah, SOVIEL, das darauf wartet, rausgeholt zu werden! Nichts als unsere Fesseln, die wir zu verlieren haben! . . .

Traum:

Auf einem Bauernhof in einem weiten, einsamen Land. Milde Sonne. Die nächste Stadt weit entfernt. Alle Gesichter des Allgäus, Goldbrunner, Zanker . . . Ich arbeite auf dem Hof, spüre jede Pore meines Körpers . . . Aber ich weiß, daß ich fortgehen werde . . . Ein Schmied aus dem Dorf kommt und bietet mir an, bei ihm eine Lehre zu machen. Ein ungeheurer Schmerz: Ich schaue umher, in die Landschaft, die Sonne, und möchte bleiben. Gleichzeitig eine riesige Angst, ich KÖNNTE bleiben, gefangen bleiben . . . Väter!

Es heißt in der Literatur: „zurück in den Mutterschoß . . .“ Meine Jahre im Allgäu, die Abnabelung von Familie, also Mutter, von zwanzig Jahren Jugend, erscheint mir heute nur noch als Suche des Vaters. Medardus Wintergerst, Willi Lipp, Zanker . . . alles Väter! Lauter Väter, deren Nähe mich frieren ließ; ihre Geschichten, ihre Scherze, die zufälligen oder „väterlichen“ Berührungen bei der gemeinsamen Arbeit . . . Medardus: Vater vierer Kinder, mit dem selbstgebauten Häusle im 400-Seelen-Dorf Apfeltrang, mit der mütterlichen Frau . . . Der mir meine “zweite linke Hand“ richten wollte . . . Dieser 43jährige mit dem vollen silbrigen Haar, der immer leicht nach Käse roch und wenig sprach. . . Der wahrscheinlich von allen der größte Spießer war. . . „Ja, glaubsch denn, mir san Hanswurschten? ! . . .“, betrunken, wütend. . . Das war der erste Riß!

Wieso Väter!

Warum werden Väter plötzlich zu Weichheit, Muskeln, betäubenden Gerüchen, knisternden Worten, feuchten, zarten Träumen, Frieren, Zittern, Schwindel, pulsenden Geschichten? Warum plötzlich in der Wärme von Vätern versinken wollen? Väter sind doch die Unterdrücker, die Säufer, die Schläger! Die, die Mutter schlagen, und ihren Kindern bei Tisch das Reden verbieten! Die ihren Söhnen sagen, daß sie an die Wand gehörten, Verbrecher seien, Nichtsnutze! Die Stadthalter unmenschlicher Ordnungen, Faschisten, Folterknechte, Mörder!

Warum will ich plötzlich einen Vater, warum wünsche ich mir einen Vater, der auch mein Liebhaber ist, Weichheit, Wärme, Vergessen?
Wo sind die Väter?

Homosexualität ist die vollkommenste Revolte gegen die Väter und doch der verzweifelste Versuch, sich mit ihnen zu vereinigen.
März 1978

Rolf Stürmer

SCHWUL SEIN UND EINE FRAU LIEBEN?!

Ich erinnere mich, daß mich Frauen nie sonderlich interessierten. Von einer Sexualität mit ihnen konnte ich mir keine Vorstellungen machen und habe sie bis dato auch nie mit ihnen gelebt; wohl deshalb nicht, weil ich seinerzeit selbst nicht so recht wußte, was/wie meine Sexualität eigentlich ist. Wie ließen sich eigentlich Bedürfnisse danach mit einem anderen Menschen konkret herstellen? Im Laufe meiner schwulen Beziehungen, in denen ich erfuhr, daß Sexualität eigentlich viel zu oft Ersatz für etwas anderes war, was nie so recht konkret bestimmbar wurde, rückte die sehr abstrakte Vorstellung, auch mit Frauen in Beziehungen leben zu können, also sie nicht für mich ausschloß, immer mehr in meinen Kopf; die Zeit wird bestimmt konkretere Aufschlüsse darüber bringen.

Ich erinnere mich, daß sich vor drei Jahren B. in mich verliebt hatte. Ich lernte sie auf einem Theater-Seminar kennen. Die Tatsache, daß sich eine Frau in mich verliebte, war etwas neues für mich, und doch hielt ich sie gleichzeitig für unmöglich: ich bin doch schwul! Und so sagte ich ihr dann eines Abends: „Du, B., es tut mir wirklich sehr leid, aber ich bin schwul. Du verstehst doch...?" Sie war sehr getroffen, sprich enttäuscht, und ich hatte meine Sicherheit wieder.

Ich erinnere mich, daß es bei S. vor zwei Jahren schon ganz anders aussah. Ich lernte sie während meiner schwulen Beziehung mit K. als seine „Freundin" kennen: am Tage in der

Öffentlichkeit er mit ihr, nachts im Bett er mit mir. Für S. empfand ich Sympathie und Interesse, weil ich sie als direkt und offensiv erlebte, was mir gefiel. Die „Freizeit-Beziehung" zu K. löste ich bald, als ich merkte, daß ich eigentlich nichts mir von ihm zu wollen vorstellen konnte. Mit S. war ich jetzt öfters zusammen, und immer dann, wenn ich von ihr nach Hause gefahren wurde oder ich mich an irgendeiner Bushaltestelle der Nachtlinie absetzen ließ, und wir dann noch im Auto saßen, uns ansahen und so sprachen über Männer, die sie alle blöd fand und doch immer wieder auf sie reinfiel, und über Schwule, die ich alle satt hatte, und über ihr Leben, das ich für mich nicht wollte,...stieg in mir der Wunsch nach ihrer Nähe hoch. Wärme. Körperlichkeit. Zärtlichkeit. Ich spürte die Lust, ihren Körper spüren zu wollen. Ich hatte Angst, sie zu berühren. Der Wunsch konnte doch nicht sein, ich bin doch...!? Trotzdem stellte ich mir das schön vor voller Geborgenheit und Zärtlichkeit. Ich glaube, das war es: ihre Gegenwart strahlte für mich Geborgenheit aus, ein Gefühl des Aufgehobenseins. Der erste Mensch seit so langer Zeit. Ich war ganz aufgeregt. Nach einem Sarah Vaughan-Konzert (wir fanden beide die Jazz-Sängerin unheimlich toll), sie bei mir auf dem Schoß in der Bahn Richtung nach Hause, ausgelassen und fröhlich, die Leute guckten alle,... sagte ich zu ihr:„Du, ich möchte heute nicht allein nach Hause fahren. Ich möchte heute bei dir bleiben. Ich möchte heute mit dir weiter zusammen sein. Ich möchte womöglich mit dir schlafen." Sie lächelte mich an und nickte. Wir gingen den Rest des Weges zu Fuß. Wir zogen uns gegenseitig aus. Wir schliefen miteinander. Es war sehr schön. Es war weder ein Ausprobierenwollen, ob' s geht, noch ein Verführen ihrerseits. Es war der Wunsch da nach dem Empfinden von Wärme und Zärtlichkeit, und dies von einer Frau ausgelöst mit ihr erleben zu können, war neu für mich. Ein selbst vollzogener Einbruch. S. verliebte sich als Zweiunddreißigjährige kurze Zeit später in einen zwanzigjährigen Mann. Das Gefühl von Überlegenheit ihm gegenüber gab ihr Sicherheit, die ich ihr nicht geben konnte. Mein Wunsch, mit ihr eine Beziehung eingehen zu wollen, blieb bis heute unerfüllt.

Alle weiteren Begegnungen mit Frauen beinhalten die Notwendigkeit, meine Begegnung mit S., meine erste wirkliche

Begegnung mit einer Frau und meine neue Erfahrung mit mir, eine Frau lieben zu können, zu bewältigen. M. war eine Frau, die mich zweimal verführte innerhalb einer Nacht. Sie war schön und aufregend, und ich fand es neu, von einer Frau ausgezogen und begehrt zu werden. Nur anschließend ging sie mir aus dem Wege. Sie lebte in der Zeit Sexualität mit anderen Vorzeichen: früher ließ sie sich aussuchen, ausziehen und verführen, später suchte sie aus, zog sie aus und verführte, um anschließend hopp zu sagen. Ich war einer von denen. Ich fühlte mich in meinem Interesse ihr gegenüber verletzt, setzte mich mit ihr darüber auseinander und sah sie nie wieder. In Zukunft wurde ich vorsichtiger gegenüber Frauen. Zwei weitere Begegnungen mit Frauen waren für mich weitaus eher ein Ausprobierenwollen, ein mich-daraufeinlassen, auch um mich selbst kennenzulernen, zusehends mehr aber ein Klarwerden darüber, daß ich eigentlich dieses Gefühl suchte, das ich mit S. zum erstenmal mit einer Frau erlebte. Spuren-Suche.

Diese Irritationen, mich mit Frauen anders zu erleben: unsicher, angstvoll, ohne Wissen und Erfahrungen von ihnen,... haben mein Schwul-sein, mein Sein als Schwuler vollends relativiert, sprich von Absolutheit befreit. Der Frage entweder/oder? ging ich aus dem Wege. Sie galt nicht! Ich begann, meine Vorstellungen von Beziehungen überhaupt zu revidieren. Der Maß-Stab „sexuelle Bedürfnisse" als Grund für irgendwelche Beziehungen war zerbrochen.

Ich begann auch zu einer Zeit Frauen kennenzulernen, in der ich mich von Schwulen und ihrem Leben zu distanzieren begann: von ihrer Art miteinander umzugehen, vor allem immer wieder dieses als Schwule-sich-aufeinander-beziehen wie zwei Geschäftsleute qua Funktion, die einen Vertrag miteinander abschließen wollen. Diese Distanzierung heißt nicht: nie wieder sexuelle Beziehungen zu Männern. Nur diese Etikette „Schwuler" mit ihrem absoluten, ausschließlichen Charakter ist für mich unheimlich hinderlich, um auf Menschen zugehen zu können, die mich interessiern und die ich in ihrer Person und in dem, was sie wie leben, kennenlernen möchte. Viel Zeit und Geduld gehören dazu. Damals lernte ich auch einen Mann kennen, mit dem ich die Erfahrung machte, was es heißt, die Möglichkeit von Zärtlichkeit und Lust gemeinsam herzustellen. In der Begegnung ist sie noch nicht angelegt sondern selbst erst Produkt des Kennenlernens und Vertrautseins. Nach einem Jahr haben wir zum erstenmal zusammen geschlafen (er das erstemal mit einem Mann überhaupt). Zuvor war das Aneinanderanfassen, das Einanderstreicheln sehr stark mit Angst besetzt, es könnte etwas zerbrechen. Durch ihn erfuhr ich auch, was es heißt, einen Menschen mit zielgerichteter, zweckgebundender Zärtlichkeit zu konfrontieren, sprich zu unterdrücken. Seine Sensibilität dafür bewundere ich.

Wie gesagt: meine erste Begegnung mit S. und meine Begegnung bzw. Beziehung mit diesem Mann haben mein Verhältnis zu Schwulen bzw. zu meinem Schwul-sein sehr stark verändert und einen Prozeß der grundlegenden Veränderung von Beziehungsvorstellungen in Gang gesetzt, der noch längst nicht abgeschlossen ist. Immer noch viel zu abstrakte Wünsche nach Beziehungen zu Frauen. Konkreter meine sexuellen Phantasien bezogen auf den Körper Frau in Träumen und Onanievorstellungen. Einmal ein Traum mit einer Frau, R., die auf mir draufsitzt und mich mit ihrem großen Schwanz bumst. Immer noch der Bruch mit der Realität, wenn Frauen etwas von mir wollen und sämtliche privaten Vorstellungen und Phantasien zusammenbrechen. Angst. Fremdheit. Unwissen. Un-Erfahrenheit, weil nicht wissen, wie eine Frau k e n n e n l e r n e n .

Joachim Fischer

FAMILIENPANZER EHE?

Während du deine Schwester beschläfst,
flüsterst du ihr zärtlich ins Ohr:
schade, daß du kein Mann bist.
Das dürfen sich nur überspannte Dichter erlauben
und auch nur verstorbene aus der Literaturgeschichte.
Wir indessen besteigen den Familienpanzer Ehe
und bekommen ins Ohr geflüstert:
ich weiß nicht, was ich davon halten soll,
das ist doch nicht normal,
darf man das denn?
geht das überhaupt?
Tun wir diese Fragen nicht zu schnell
als kleinkariert ab.
Sind wir nicht mit einem Repertoire
dutzender Stellungen beim Geschlechtsverkehr
ausgerüstet,
daß es eine Neuentdeckung für uns ist,
Gesicht an Gesicht zu lieben?

Michael Zielonka

Der Knast ist wohl einer der Orte, an dem die Sexualität permanent und massiv "anwesend" ist. Fast alle Dinge, Äußerungen, Handlungen haben sexuellen Inhalt, oder bekommen ihn aufgepfropft. Ob es sich dabei um eindeutige Bemerkungen vor dem Fernsehapparat handelt oder um die allgemeine Zotenreißerei. Neben den vollbrachten "Heldentaten", den vorgeblich erworbenen Reichtümern und den Plänen für die großen Fischzüge in einer neuen Freiheit ist Sex tatsächlich das Thema Nummer 1.

Sex ist in verschiedenen Spielarten vorhanden, bei allen Unterhaltungen dabei. Interessant ist z.B. die Jagd nach Pornos. Und wieso man sie haben möchte. Vordergründig heißt es immer "mal geile Weiber betrachten". Aber der wahre Grund liegt wo ganz anders. Durch die Verurteilung zur Dauer-Masturbation, durch die absolute Abschließung aller äußeren Reize, Eindrücke und neuen Erfahrungen tritt zuerst eine Flucht in eine Scheinwelt, eine Flucht in die Phantasie ein. Das ist eine Flucht aus der Knastwirklichkeit in die Sexualität, ein Überlebensmechanismus. Aber nach Monaten der Isolation von einer natürlichen Umwelt, zu der ja auch/ gerade Sex gehört, ist die Phantasie erschöpft; nachdem man die verschiedenen Stadien der Masturbationsphantasien durchlaufen hat und dabei die Vorstellungen immer mehr pervertierten, will heißen, daß die Mädchen immer jünger, die Stellungen immer seltsamer werden und man sich nur noch in immer flacher werdende Befriedigung flüchtet. Dann tritt die Pornographie als Krücke ein, sie ist Mittel zum Zweck, genauso wie beim näheren Hinschaun die ganze Masturbation selbst. Der Orgasmus bekommt Ersatzfunktion, er ist bei manchen nur noch Mittel zum Einschlafen, mechanische Manipulation, Ablenkung, oder Flucht aus der so langsam vergehenden Zeit. Nach Jahren der Haft ist eine richtige Befriedigung nicht mehr drin, man wird ein Orgasmuskrüppel bei übersteigerter Potenz, denn eine Triebarmut tritt ja nicht ein.

Ist es dann so weit, daß man sich "nur so mal eben einen runterholt", treten massive Ängste auf, die Potenz zu verlieren, und noch schlimmer, orgasmusunfähig zu werden. Dann überprüft man seine hetero-sexuelle Fixierung und überlegt konkret, ob es nicht besser wäre mit einem Mann zu schlafen anstatt so weiter zu vegetieren. Aber diese Flucht in die Homosexualität ist für die meisten nicht möglich, man ist zusehr geprägt, die Sperre durch das jahrelange Training, durch die unendlich vielen Tabus ist zu massiv. Die Angst von Mitgefangenen als Schwuler geächtet zu werden, die Angst vor der Entdeckung einer "unnormalen" Verbindung isoliert den Gefangenen, treibt ihn in die innere Emigration. Dabei ist Homosexualität von den meisten Anstalten gern gesehen, ist sie doch ein hervorragendes Mittel zur Disziplinierung der Gefangenen. Wer zu seinem Freund auf die Hütte will, muß Vorleistungen erbringen, er muß fein still sein, sich anpassen, unauffällig sein aus Angst vor Mitgefangenen und aus Angst vor einer Verlegung.

Bei all dem darf aber nicht vergessen werden, daß die Sexualität nicht das Primäre ist, so absurd es klingt, sie ist nur vorgeschoben. Die geltenden Normen und anerzogenen Wertvorstellungen sehen im Mann den harten Kern: ein Mann weint nicht, er ist stark und braucht keine Hilfe. Aber die Wirklichkeit sieht doch viel anders aus. Durch eine kinderfeindliche Umwelt, durch Mangel an Nestwärme in der deutschen Normalfamilie besteht ein erhebliches Defizit an Liebe, an Streicheleinheiten und Hingabe. Daß dieser Mangel in einer solchen Umwelt wie sie der Knast darstellt noch schmerzlicher empfunden wird, manchmal erst richtig wahrgenommen wird, ist wohl logisch, für Liebe und Zärtlichkeit ist hier der denkbar schlechteste Platz. So stellt man fest, daß es außer Bumsen noch mehr gibt, daß Vögeln nicht das Wichtigste ist, aber zugeben darf man das natürlich nicht, was soll denn der andere Knaki denken, wenn der große Räuber Sehnsucht nach Verständnis, Hingabe, Vertrauen, Händchenhalten hat. An einem solchen Platz den Wunsch nach Unterhaltung bei Kerzenlicht zu äußern ist unmöglich, Weiber werden gefickt und fertig.

Diese ganze beschissene Situation ist so unendlich traurig und den meisten Gefangenen nicht bewußt, es wird eben alles verdrängt. Die Alternative wäre demnach eine Abkehr von den überalterten Normen, und vor allem auch von den Knast-

normen. Die Vereinsamung muß durchbrochen werden, ein Aufeinander Zugehen ist wichtiger als die Pflege eines Images von dem sogar der dümmste Knaki weiß, daß alles nur Vortrag ist. Man muß voreinander zugeben, daß man allein ist, man Sehnsucht hat nach Zweisamkeit/Mehrsamkeit. Man muß sich sagen können, daß man sich mag und man muß weg von der Flucht in die Phantasien. Und warum sollen sich Männer nicht anfassen dürfen. Warum soll man sich die fehlenden Streicheleinheiten nicht geben? Wenn ich mich mit einem Mann befreunde, bin ich dann schwul (das Wort hier so negativ gebraucht wie es in der normalen Spießergesellschaft verstanden wird)? Und wenn mir nach Weinen ist, darf man dann nicht mit mehr getröstet werden als mit Banalitäten? Ich weiß, daß es sehr schwer ist, sich real so zu verhalten, und wenn ich jetzt versichere, total auf Frauen fixiert zu sein, kann man schon sehen, daß es nicht so einfach ist, den ausgetretenen Pfad zu verlassen. Diese Scheiß-Zwänge, Vorurteile etc. sind nicht im ersten Anlauf zu überwinden. Aber woher so einfach das Vertrauen nehmen, mit einem Mitgefangenen darüber zu reden? Der unterliegt dem gleichen

Denken und versteht einen falsch, denkt vielleicht man will ihn anmachen. Und deshalb dreht sich so ziemlich alles im Kreis, das Klima des Mißtrauens wächst, blüht und gedeiht zur Freude der Justiz. Knakis, die sich mögen und Liebe geben sind sich nämlich sicher auch einig, wenn es heißt gegen Ungerechtigkeiten anzugehen, die Institution Knast als Ganzes total abzuschaffen. Die Schwestern im Frauenbau haben es vielleicht leichter, ich weiß es nicht. Kann mir aber vorstellen, daß dem so ist. Das liegt eben auch an der unterschiedlichen Bewertung von den zwei Spielarten der Homosexualität, bei Frauen wird das nicht so verteufelt. Aber im Grunde liegen die Probleme sicher gleich und so soll/kann man sich für Mann immer auch Frau geschrieben denken, ich habe meine Gedanken halt bloß "männlich" wiedergegeben weil es mir so leichter fiel.

So bleibt mir am Ende nur der Aufruf, seien wir Brüder und Schwestern, bloß wer macht den Anfang? Das ist so sauschwer, aber wir müssen anfangen unsere sexuellen Prob-

leme zu lösen, müssen uns die Streicheleinheiten geben und aufeinander eingehen, sonst verlassen wir alle diesen Knast als seelische Krüppel und vielleicht auch impotent, zur Liebe unfähig, unfähig Liebe zu geben und noch unfähiger sie zu empfangen. — Wir werden Menschen sein! Liebe, Freiheit, Zärtlichkeit!

Thomas-Wolfgang Becker

DER ›NEUE‹ MANN – SOLL UND HABEN

QUO VADIS – MANN?

Da war einer, der ließ sich sterilisieren
Den Frauen zuliebe!
Nun ist er wieder der alte Mackertyp
Nur noch ein bißchen schlimmer
Es passiert ja nichts!

Da war einer, der trug
Ohrring und feine Stiefelchen
Streichelte auch mal seine Freunde
Rief: "Wir wollen doch keine Macker sein!"
Der einen oder anderen gefiel's
Er dachte nur: "Du landest ja eh in meinem Bett!"

Da war einer, der wollte
Mit den Schwestern diskutieren
Als Schwanzträger war er
Leider indiskutabel

Tobias Herrmann

MÄNNERABEND

fünf sind wir
und einmal die Woche treffen wir uns
Gespräche kommen
stockend zustande

Gefühle werden nur sparsam verteilt
manchmal schläft im Laufe des Abends auch einer ein

Wolfgang Blaum

MEINE EINGEMAUERTE INNENWELT

Ich schaue aus dem Fenster, betrachte die Dünenlandschaft, die mit 80 km in der Stunde an uns vorbeisaust. Ich höre das Rauschen des Meeres und das Klopfen des Regens auf unser Käferdach. Das Wetter paßt zu meiner Stimmung, wie die Dünen zur Nordsee. Vor mir liegt der Alltagsmief und hinter mir, ja, was liegt hinter mir? Auf jeden Fall eine Woche Urlaub in Dänemark. Eine Woche Gruppenerlebnisse, eine Woche Beisammensein mit lieben, netten Menschen.

Ich habe mich wohlgefühlt in dieser Gruppe. Habe Menschen kennengelernt, habe mit ihnen diskutiert, geklönt, gelacht, geschwiegen. Ich denke an die Gespräche, die wir bei stundenlangen Spaziergängen durch die Dünen und am Strand geführt haben.

Gespräche über Zweierbeziehungen und Mehrbeziehungen, über Wohngemeinschaften und über Gefühle, Gefühle zu Frauen und zu Männern. Ich denke an die Abende, an denen wir im Kreis saßen und Gruppendynamik machten. An das Soziogramm, das wir aufstellten und diskutierten, "Wen aus der Gruppe würdest du als Chef akzeptieren, wen nicht? ", "Mit wem würdest du 'Pferde stehlen' wollen, mit wem nicht? ", "Mit wem möchtest du einen zärtlichen Abend verbringen, mit wem nicht? " und ähnliche Fragen.

Ich hatte bei dem Soziogramm erst Bedenken, doch es klappte besser als ich es erwartet hatte. Vorurteile wurden ausgeräumt und die eigenen Gefühle zu den einzelnen Gruppenmitgliedern mußten bewußt gemacht werden.

Ich dachte an meine Anspannung und die Unsicherheit vor jeder Gruppensitzung und an meine Zufriedenheit und innere Ruhe jeweils danach.

Doch es nützt nichts, mir diese angenehmen Erlebnisse in Erinnerung zu rufen, meine Stimmung änderte sich so wenig wie das Wetter. Es sind nicht die Gedanken an die kommenden Tage, an die Arbeit, die zuhause auf mich wartet, an das Studium, das mir keinen Spaß mehr macht, an die Klausuren, für die ich noch nichts getan habe, diese Gedanken können mir die Stimmung nicht verderben, sie sind schon alltäglich.

Ich denke an Rosi, an Matthias, an ihre Schwierigkeiten mit sich selbst und ihrer Beziehung, die vor zwei Tagen in die Brüche ging. Doch das lag nicht an der Gruppe, nicht an der Gruppendynamik, auch nicht an Inga, die den Matthias gerne hatte und das auch zeigte. Die Beziehung war schon vorher kaputt, die äußeren Umstände führten nur zu einem schnelleren Ende.

Der Bruch dieser Beziehung belastete die Gruppe, doch das war vor zwei Tagen, inzwischen habe ich ein wenig Abstand gewonnen und der gestrige Spaziergang am Strand tat uns allen gut. Das Problem ist jedoch nicht beseitigt, wir hatten es nur zurückgestellt.

Ich denke an Matthias, der jetzt neben mir sitzt, schweigend, mit leerem Gesichtsausdruck. Ich denke an Rosi, die hinter uns in der Ente fährt.

Ich denke an das Gespräch vor zwei Tagen, Nachts um eins, als Lutz und Irmi mit Matthias auf sachlich rationaler Ebene über das Problem sprachen und an meine Gefühle, die ich dabei empfand. Ich sehe Matthias, wie er auf dem Bett saß, mit angewinkelten, umklammerten Beinen und krampfhaft versuchte sachlich zu bleiben. Wie er immer weiter in die Ecke rutschte und unter sichtbaren Anstrengungen die Tränen zurückhielt. Warum weint er nicht, dachte ich. Warum bin ich nicht aufgestanden und hab ihn in die Arme genommen, ihm gezeigt, daß ich ihn gern hab, daß er nicht alleine ist und ich mit ihm fühle? Warum hab' ich ihm das nicht gezeigt, wo er es doch so dringend brauchte? Rosi hatte diesen emotionalen Rückhalt aus der Gruppe erhalten, warum wurde Matthias gegenüber alles auf eine sachliche Ebene gezogen? Warum schaff' ich es nicht, ihm meine Gefühle, die

Foto: Heiner Blum

ich für ihn empfinde, zu zeigen? Vielleicht weil er ein Mann ist? Weil ich ein Mann bin?

Inga nimmt sich seiner an, streicht ihm übers Haar, legt ihren Arm auf seine Schulter. Warum hab ich das nicht gemacht? Was hätte mir passieren können? Haben wir doch bei unserer Gruppendynamik festgestellt, daß alle zumindest das rationale Bedürfnis haben, ihre Gefühle auch dem gleichen Geschlecht gegenüber zu erkennen und zu äußern. Was also hält mich jetzt ab? Daß Gabi neben mir sitzt, mit der ich seit drei Jahren in einer Zweierbeziehung zusammenlebe?

Schuldbewußtsein oder ein schlechtes Gewissen ihr gegenüber? Angst? Sind wir beide nicht von der natürlichen Bisexualität des Menschen überzeugt, von der Notwendigkeit, Gefühle auch dem gleichen Geschlecht gegenüber zu äußern? Außerdem will ich doch keine sexuelle Beziehung zu Matthias eingehen, sondern ihm nur meine Zuneigung zeigen.

Oder ist da doch eine sexuelle Komponente im Spiel? Habe ich vielleicht davor Angst? Sexuellen Kontakt mit Matthias? Ich ertappe mich beim Schmunzeln. Der Gedanke erscheint mir einfach abwegig. Wirklich? Ist er tatsächlich so abwegig? Bin ich nicht im Begriff einen Schutzwall aufzubauen, eine innere Wand vor meinen Gefühlen? Mauere ich nicht gerade meine Gefühle ein, damit ich mir nicht eingestehen muß doch sexuelle Kontakte zu Männern aufnehmen zu können?

Ich denke an unser Soziogramm, mit wem möchtest du einen zärtlichen Abend verbringen und mit wem nicht? Nicht mit Matthias, hatte ich eingetragen. Mit der Begründung, daß Matthias stellvertretend für alle Männer stehen würde, da ich im Moment noch nicht in der Lage wäre, zärtliche Kontakte zu Männern aufzunehmen. Stimmt das? Ich zweifele jetzt daran. Ich weiß, daß ich zu Matthias eher zärtliche Gefühle entwickeln könnte als zu Jan oder Lutz. Habe ich Matthias eingetragen, um mich selbst vor meinen eigenen Gefühlen zu schützen?

Ich denke an die letzte Nacht, als ich allein mit Matthias bis in den frühen Morgen geredet hatte. Als er mir gegenüber bedauerte, daß er nur bei Inga emotionalen Rückhalt fand. Wie beschissen er das Gespräch am Vorabend fand und wie allein er sich dabei fühlte. Und wieder bei mir dieses Gefühl der Zuneigung, dieses Bedürfnis ihn zu umarmen, ihm nonverbal zu zeigen, daß ich ihn gern habe. Aber ich schaff es nicht einmal verbal! Ich bin nicht in der Lage ihm ganz einfach zu sagen, ich hab dich gern. So einfach ist das eben nicht.

Ich hab den Pilgrim gelesen, habe Männerbilder gelesen, einen Männerkalender im Parker, verschlinge jedes Buch über Männeremanzipation, versuche jeden von der natürlichen Bisexualität des Menschen zu überzeugen, rede von der Abschaffung des Patriarchats, lehne Zweierbeziehungen als einzige Beziehung ab (obwohl ich selbst in einer solchen lebe) und spiele mit dem Gedanken eine Männergruppe zu gründen.

Theorie! Geschwafel! Ich scheitere schon an der kleinsten Kleinigkeit, einfach einem Mann zu sagen, du, ich hab dich gern.

Theorie und Praxis, wie sooft stehen sie mal wieder im Widerspruch.

Es regnet immer noch, die Dünenlandschaft ist verschwunden, wir sind kurz vor der Grenze. Neben mir sitzt Matthias, er legt seinen Kopf nach vorn auf den Beifahrersitz und läßt sich von Inga durchs Haar streichen. Ich spüre seine Nähe, seine Wärme und doch ist er mir ferner als das zweihundert Kilometer vor uns liegende Hamburg.

Hermann Bliesener

ÄNGST VORM SCHWULSEIN

Ich wohn' mit noch 2 Typen in 'ner Dreizimmerwohnung. Neulich kam ich abends unheimlich gut gelaunt nach Haus, und will das zeigen und umarm' den einen Typen. Er zuckt unheimlich zurück und fragt mich: "Sag mal Alter, biste schwul? " Ich wie von der Tarantel gestochen hoch, sag mal, was solln des, wenn de schlechte Laune hast, dann lass se gefälligst woanders aus, du bist wohl verrückt geworden, weißt doch genau, daß ich alle Leute, die ich gern hab', auch gern anfass', streichel' und schmus'. Später kam ich dann drauf, daß es meine eigene Angst, meine eigene Unsicherheit war, die mich so übersensibel reagieren ließ. Gestern abend kam jetzt der selbe Typ, ich lag schon im Bette, und drückt und streichelt mich, einfach weil er sich über was unheimlich freut. In dem Moment aber, wo ich anfang', zurückzuschmusen, zieht er sich schlagartig zurück. In dem Augenblick, wo einem bewußt wird, was man im Augenblick eigentlich macht, setzt die Angst ein? Angst vorm Schwulsein oder vielleicht schwul werden können? Angst vor Emotionalität, vor Zärtlichkeit zwischen Männern? Angst vor sonst irgendetwas? Ich weiß es auch nicht, aber vielleicht krieg' ich ja auch mal 'ne Antwort drauf.

Detlef Göbel

IT'S ALLRIGHT, MA (I'M ONLY BLEEDING)

die fleischverkäuferin im supermarkt
reicht mir das wurstpaket über die theke;
unsere fingerspitzen berühren sich -
der nagellack an ihrer rosigroten hand
ist genauso häßlich wie meiner,
(mutter: "bist du jetzt auch noch schwul? ")
trotzdem weicht sie entsetzt zurück;
blicke, drehungen, psycho

plötzlich schießt es mir durch den kopf
(letztens irgendwo gelesen)
'mädchenträume sind voller poesie';
meine beine versagen
der einkaufswagen kippt zur seite
ich kotze über den gespickten hasenrücken
(die woche im sonderangebot),
der in der langgezogenen kühltruhe liegt,
in deren wand meine hände verkrampfen
und langsam vereisen.

Claus Bloss

UNEROTISCH WIE DIE TAGESSCHAU

Ich bin da so reingeplatzt, am 2. Weihnachtsfeiertag. Sie saßen alle sechs um leere Teller und halbleere Schüsseln mit Soße drin und waren dabei, sich gegenseitig zu filmen - Selbstdarstellung einer WG.

Die Atmosphäre war ausgelassen und man konnte sich wohlfühlen und ein bißchen dableiben. Und dann hat mich auch noch Petra mit ihren grauen Kinderaugen angelacht, Petra vor der ich früher Angst hatte, als ich noch nicht wußte, daß sie ein menschliches Wesen ist. (Ja, was meinst Du, was mit mir passiert, wenn Du mich s o anlachst?)

Ich hab ein Glas geholt und hab mit Euch Euren Rotwein getrunken.

Dann haben zwei Frauen angefangen.

Die letzten 2o Sekunden, die auf dem Film noch nicht belichtet waren sollten sexy werden:

Männer! Hosen runter!

Mein Gott, was war der Walter erleichtert, als er es schaffte, die Unterhose anzubehalten und statt dessen ein Kohlblatt unterm Hemd hervorhängen zu lassen. Das Ganze wurde dann doch eher lustig als peinlich.

Aber damit nicht genug - es war noch ein Film da, und der sollte unbedingt ein "Sex-Film" werden. Der Weg von der Theorie zur Praxis schien sich in die Länge zu ziehen, als schließlich tatsächlich einige begannen, sich auszuziehen.

Drei Szenen: Alle ziehen sich aus und steigen in die Badewanne (Erinnerungen an "Fritz the Cat" - aber nur ganz kurz), hüpfen die Treppe hoch und treffen sich alle auf Helmuts großer, mit weichem braunen Teddyfell überzogener Liege. Von allzu engem Körperkontakt haben sie abgesehen: sie sitzen im Kreis um eine herbeigeholte Pflanze. Ich gehe mit dem Teleobjektiv ganz nah ran, lasse die Kamera über Blätter, Gesichter, Hände, Beine, Brüste streifen, ich suche Schwänze, kann aber keine finden.

Die Atmosphäre ist so unerotisch wie die Tagesschau.

Da saßen sie nun nackig auf der Liege und als der Film zu Ende war, haben einige angefangen zu tanzen, weil grade gute Musik lief.

Und ich saß angezogen da rum und schaute mir das Ganze an, unschlüssig was ich jetzt machen sollte, unterbrochen von ein paar blöden Zweideutigkeiten und ein paar halbherzigen Versuchen, mich auch zum Ausziehen zu bringen.

Aber warum sollte ich?

An Beate zum Beispiel hat sich nichts verändert, sie macht auf mich immer noch den selben Eindruck wie angezogen: unpersönlich und distanziert wie im Lehrerzimmer.

Manchmal kommt ein Zipfelchen Erotik zum Vorschein - mehr wie aus Zufall: Zwei Frauen streicheln sich kurz (von den Männern sitzt ein jeder in einer anderen Ecke des Zimmers): Doro und Thea balgen sich: Zwei Körper, die ineinander verschlungen über den Teppich rollen.

Das sieht schön aus!

Aber ich weiß nicht, was die beiden dabei empfinden.

Sie lassen sich nichts anmerken.

Die Schwänze der Männer sind extrem winzig und bleiben es auch. Zeitweise überkommt mich eine wahnsinnige Lust, sie anzufassen, daran zu ziehen um auszuprobieren, ob da wirklich nichts los ist.

Es gibt für einen Mann keine blödsinnigere Art, sich zu verkrampfen: entweder um auf-Teufel-komm-raus einen hochzukriegen, oder um das Gegenteil zu erreichen. Ich meinte, ihre verkrampften Bäuche fast fühlen zu können.

Bis auf ein leises Kribbeln im Unterleib und Herzklopfen rührt sich auch bei mir in der Hose nichts, aber ich habe ja auch niemand angefaßt.

Doch wie hält Mann das denn aus, Frau anzusehen, zu riechen, zu fühlen mit dem ganzen Körper, mit den Händen anzufassen, ohne zugeben zu dürfen, daß Mann was dabei empfindet?

Ist das nicht eine LEISTUNG?

Wir sind so frei keine Scham zu empfinden, uns auszuziehen, uns nackt voreinander zu bewegen und dennoch sind wir prüder und gehemmter als unsere Großeltern. Wo diese versuchten ihrer Triebe(=pfui) durch Bekleidungssitten HERR zu werden, sind wir inzwischen in unserer "Menschwerdung" (=Gegenteil von pfui) so weit fortgeschritten, daß wir anstelle der Kleider und offizieller Sittengesetze unsere Köpfe benutzen!

Die BeHERRschung der Körper und Seelen(-Verkrampfung) ist perfekt!

Da sitzt nun Olga neben mir oder liegt ausgestreckt vor mir auf dem Teppich und ich schaue sie an.

Wenn ich merke, daß sie mich ansieht beeile ich mich, ihr schnell in die Augen zu sehen.

Nur nicht zu viel anmerken lassen!

Ich lache ihr mit den Augen zu. Sie lacht meist zurück. Aber ich habe Schiß unserem Lachen die Bedeutung zuzuerkennen, die es vielleicht hat.

Ich habe mich heute nicht nur in Deine Augen verliebt. Ich finde Deine Brüste schön, die mich zu Vergleichen mit irgend was anregen (im Kopf die Angst kitschig zu werden), ich finde Deinen Bauch schön, Deine Beine, Dein Arsch, Deine Scham sind schön ; ich wollte das alles berühren.

Ich meinte, das Bedürfnis gestreichelt zu werden bei Dir fühlen zu können. Aber ich habe nicht den Mut gehabt, auf Dich zuzugehen, um zu sehen ob das stimmt, und mit meinen eigenen Bedürfnissen auf Dich zuzugehen, meine Hand über Deinen Körper streicheln zu lassen, auszuprobieren, wie sich Deine Haut, die mich so angezogen hat, anfühlen würde. Als Du so dalagst haben sie Wein auf Dich tropfen lassen und die Tropfen auf Deinem Bauch, zwischen Deinen Brüsten und in der kleinen Vertiefung am Halsansatz wieder weggeküßt - und als sich Deine Wangen röteten haben sie schnell aufgehört. Einer hat Deine Beine gestreichelt - aber nur ganz kurz, so, wie wenn man an den Fingernägeln kaut; und dann hat er schnell aufgehört und angefangen wie ein Blöder im Takt zur Musik zu klatschen.

V E R P A S S T !

★ ★ ★ ★ ★ ★ ★ ★ ★ ★ ★ ★ ★ ★ ★ ★ ★ ★ ★ ★

Hast du schon mal gelernt,

NEIN

zu sagen,

weil du in dem Augenblick

JA

zu dir sagst? Willi Hau

★ ★ ★ ★ ★ ★ ★ ★ ★ ★ ★ ★ ★ ★ ★ ★ ★ ★ ★ ★

Als ich auf dem Klo saß, hab ich mir überlegt, mich heimlich davonzumachen, weil mir zum Heulen zumut war. Aber ich hatte noch meine Schuhe dort.

Vorher fing mich Thea ab und wollte mich doch noch mal zum Ausziehen überreden:

Komm, zieh dich doch aus!

Tanz Dich einfach F R E I !

Ach, liebe Thea! Von was sollte ich mich wohl freitanzen? Ich habe Dich aus Verzweiflung an mich gedrückt und Dein warmer, schweißfeuchter, gutriechender Körper hat mich fast doch noch dazu gebracht, mich zu belügen!

Als mir Werner beim Schuhe-Suchen half und mir zum Abschied noch einen Blick zuwarf, aus dem ich so viel Verständnis lesen konnte, hatte ich noch einmal ganz kurz das Bedürfnis mir die Kleider vom Leib zu reißen und mich auf ihn zu stürzen. Aber mich h i e r zu beHERRschen fiel mir noch einigermaßen leicht.

Ich hab mich innerlich heulend davongeschlichen und ihr habt mir nachgerufen: mach die Tür fest hinter Dir zu.

SCHEISSE!

Aber ich hab keine Lust, mir, um mich von der alten zu befreien, eine noch verkrampftere NEUE DOPPELMORAL zuzulegen!

Harald Kessler

UNSERE ROLLEN

ob das stück gut ist
weiß ich nicht.

unsere rollen
die sind scheiße.

aber wer ist der
regisseur?

Helmut Lotz

ANTWORTEN

Liebe
sagte der Himmel
und färbte sich tot

Liebe
sagte der Mond
ist so weit fort

Liebe
sagte der Disco-Jockey
da bekommen
die Männer
lange Beine
im Dunkeln

Liebe
sagte der Tramper
da habe ich einen
geil gemacht für Geld
um eine Woche
zu essen

Liebe
sagte der Postbeamte
diese Adresse
kennen wir nicht,
schickt den Brief
zurück.

Kaspar Pfenninger

EMANZIPIERTES LEXIKON (AUSZUG)

Fraudarine Fraudel Fraugo	)))	= Früchte
Fraudat	=	Auftrag
Fraugan	=	Chem. Element
Frauiküre	=	Handpflege
Frauko	=	Fraugel

Wenn
ich
statt
„man"
immer
öfter
„man/frau"
oder
„frau"
lese
dann wundert mich, daß es noch immer
E m a n zipation heißt und ich nicht frauchmal oder
öfter
E f r a u zipation lese.

Bernd Ankenbauer

»FRAU« STEHT IHREN MANN

Die Entdeckung des Wörtchens ‚man' in der deutschen Sprache — die konnte von den Frauen zunächst wie ein Triumph gefeiert werden. Das war der Anfang einer Kette von Entdeckungen, sich der subtilen männlichen Präsenz in der Sprache bewußt zu werden, ihr selber als einem fremden Zungenschlag zu mißtrauen, der in die Anonymität des Diskurses einreiht und einen darin salonfähig macht.

‚Man' — das ist traumtänzerisch unschuldig die Selbstverständlichkeit eines Standpunktes, einer Perspektive, eines Blicks, den Wir Unseren nennen. (In wissenschaftlichen Beweisführungen tritt das Man besonders häufig auf; da heißt es: man sieht dann, daß . . . , oder: man sieht dann schnell, daß . . . , daraus kann man schließen, daß . . . — aber das ist nur der geläuterte und gereinigte wissenschaftliche Sachverstand, der sich auch ‚man' nennt.)

Die Selbstverständlichkeit des männlichen Ichs steckt überall drin und läßt sich überall hören, die Sprache ist das sprechende Zeugnis davon geworden: Wir reden von „Mannschaft", „Herrschaft", „Beherrschung", „mannhaftem sich-zur-Wehr-setzen", von „Entmannung", „Herrmann" und „Alle-Mannhoch" usw. usw. Aber:
Das hat sich inzwischen auch schon rumgesprochen, das ist ein alter Hut. Ebenso wie die Sache mit dem männlichen Genus, grammatisch im deutschen Satzbau das allgemeine Subjekt repräsentieren.

In Alternativ-Zeitungen z. B. wimmelt es nur so von Spuren dieser Erkenntnisse, die die All-Gemein-heit der Linken nämlich schon wieder ein-gemein-det hat:

Man (ätsch) spricht taktvoll von „seine/ihre Bedürfnisse“ oder noch besser erzogen, von „ihre/seine Bedürfnisse“, Man hängt in Klammern das Gedächtnis an das Vorhandensein von weiblichen Liebhabern(innen), Genossen(innen) usw. Man spaltet die Sprache regelrecht auf und spricht auf zwei Ebenen des männlichen und weiblichen Geschlechts: man/frau . . .

Na gut, wer seine Verzichtsbereitschaft auf die männliche Grammatik und die grammatische Männlichkeit beweisen will!

Nur hat die Sache einen Haken! Was Man da teilt und abgibt, ist eben nur ein Titel, nicht aber die syntaktische und logische Pose, die das Subjekt im Satz einnimmt.

Der Satz: „Man/Frau sieht hier die Beschissenheit der Verhältnisse“, der wird durch die Einfüllung von „Frau“ keine Spur weiblicher, als er es eh schon nicht war.

Die Positionen, Standpunkte, Besitzverhältnisse und Blikke, die so selbstlos mithilfe von „/frau“ zur Veräußerung angeboten werden, die sind gar nicht veräußerlich, es sei denn, auf dem Wege eines TAUSCHS, eines typischen (ungleichen) Tauschs: die Frau kriegt den Titel eines Subjektes, Besitzers, Blicke-Werfers oder Begründers, aber dafür ist sie auch in der Falle des männlichen Blicks, Besitzens, Standpunkte-Habens und Konstituierens drin:

„Frau“ nimmt dann den Blick ein, den Man vorher hatte, als Man noch man hieß. „Frau“ kriegt dann Figuren des logischen Schließens, sozusagen die logische Schlüsselgewalt eingeräumt, die auf eine vertrackte Weise doch nur die Türen zu denselben Resultaten öffnet.

„Frau“ steht dann ihren Mann, wie es so schön heißt und deutlicher nicht heißen könnte.

Das Verfahren der Bindestrich-Einfügungen a la „Man/Frau muß seine/ihre Bedürfnisse äußern“, das läßt den hinter dem Bindestrich in die Fußstapfen des Vorgängers treten, nimmt ihn unter die Fittiche dessen, der schon immer „Bedürfnisse geäußert“, geblickt, besessen und besprochen hat.

Dieses Verfahren, das verteilt freigiebigst Positionen männlicher Subjektivität an alle und unter alle, die es werden wollen oder sollen. (Sie werden schon genug Schwierigkeiten haben, damit fertig zu werden, die Frauen Wissenschaftler, Politiker und Unternehmer — da misch ich mich erst gar nicht ein!)

Aber was anderes: Wenn wir (Wer wir? WIR!, die wir immer WIR sagen), wenn wir schon die Sprache als von Männern beherrschte entdecken, dann könnten wir ja auch uns in der Sprache entdecken:

Ich stell mir vor, mich in der spiegelnden Distanz der Sprache wiedererkennen zu können, die Komik der Figuren und Posen herauslesen zu können, in denen ich mich bewege, die manischen Zwänge herauszuhören, die mich zum ewigen Kontrolleur, Zusammenfasser, Wissenschaftler machen, die Strenge der Inquisition zu spüren, mit der ich auf der Logik poche.

Also bitte, wenn schon, denn schon — und dann mit ’nem bißchen Genuß und nicht dieser penetranten grammatischen Gewissenhaftigkeit! Wenn schon „männliche Sprache“, dann auch die der Männer. Sollen die Frauen ihre eigene sprechen, finden oder erst suchen gehen.

Was da an Anbiederung läuft, ist noch mal der letzte, wirklich der „letzte Versuch“, die anonyme Alleinvertretung bzw. Allgemeinvertretung durchzuschummeln.Auch die Ersetzung des Wortes „Herrschaft“ durch probeweise Frauschaft schafft die Herrschaft von Schäften, Tümern, Heiten und Keiten noch nicht ab. Siehe die NS-Frauenschaft.

M. ANN

ZU LANGSAME BEWEGUNGEN

immer schrieb ich:
fielen wir in abgründe,
hetzten wir von oase zu oase,
leckten wir schneewehen aus;
manchmal gewitter in unseren köpfen,
tragik dabei: keine
bis ich, unsinn, bis du mich darauf gestoßen hast,
daß nur ich so fühlte,
daß es nur mein kopf war, um den sich alles drehte,
und daß es deiner war, den ich heimlich okkupiert hatte;
dein kopf, in den ich kerben schnitt,
für jeden weiteren identitätsverlust von dir eine größere;
und das alles unter dem vorwand, auf dich einzugehen
plötzlich wurde ich nur noch unsicher;
wurde mir bewußt,
daß du viel besser englisch kannst als ich
und fühlte mich von dir ertappt,
als ich von den stones sang
you thought you were a clever girl
giving up your social whirl . . .
my poor discarded baby, you're out of time.
früher fühlte ich mich dabei locker und stark,
bin ich jetzt der scheißtyp, für den du mich hältst?
eine sinnliche frau kann doch auch was schönes sein, sage ich,
bemerke aber schon wieder meine nervosität
und das zusammenfrieren der treibenden eisschollen in deinen adern; ich bin doch nicht wie der nachbar,
der sich fragen würde,
ob die frau im supermarkt seinen schwanz überhaupt verdient!?

Claus Bloss

KEINE EIGENEN KINDER

Um 1970 herum las ich zum ersten Mal in irgendeiner Tageszeitung von der Möglichkeit der Sterilisation.

Ich machte mir keine weiteren Gedanken darüber, denn das ging mich ja nichts an. Ich war grade 18 oder 19, mittendrin in einer Phase heftiger psychischer Schwierigkeiten.

Empfängnisverhütung war da eher eine rein technische Angelegenheit, die ich nur widerwillig nebenbei und erst mit der Zeit vom Bewußtsein her mit der Sexualität selbst verband. Was ich bis dahin darüber wußte, hatte ich mir selbst mühsam aus pseudoaufklärerischen, fremdwörterstrotzenden "wissenschaftlich-medizinischen" Büchern zusammengelesen - denn eine Sexualaufklärung in diesem Sinne hatte bei mir nie stattgefunden, darüber "sprach man einfach nicht".

1971 fiel mir ein TIME-LIFE-Buch in die Hand: GEBURTENKONTROLLE. Darin fand ich erstmals eine genauere Darstellung über die Sterilisation, allerdings bezogen auf die Geburtenkontrolle in Ländern der 3. Welt, die mich allerdings vorerst als rein "technische" Möglichkeit - aber immerhin - interessierte.

Erst Ende 1973, als für mich die Tatsache einer festen Beziehung 'akut' wurde, begann ich die vielen, voneinander unabhängig scheinenden Einzelprobleme als Gesamtkomplex zu begreifen, der mir früher oder später eine Entscheidung abverlangen würde: Uli, meine damalige Freundin (und heutige Frau) war erst 17 Jahre alt und mitten in ihrer Ausbildung. Ich selbst war dabei, von meinem erlernten Büroberuf Distanz zu gewinnen, hatte gerade die Übersetzerprüfungen hinter mir und bereitete mich (seelisch und finanziell) darauf vor, freiberuflich arbeiten zu können.

Ich begriff, daß ich eine riesige, unübersehbare und nicht wegzuverdrängende Verantwortung für das weitere Leben, für die mögliche individuelle Entwicklung eines anderen Menschen mitübernommen hatte!

Ich begriff zum erstenmal, daß eventuelle 'Folgen' unseres gemeinsamen (sexuellen) Zusammenlebens ihre und meine Entfaltung jederzeit und nachhaltig (zer-)stören konnten!

Mir wurde aber auch gleichzeitig klar, daß ich es ihr nicht einfach und bequemerweise allein überlassen konnte, die nächsten 30 oder 35 Jahre Chemie zu schlucken.

Fast widerwillig registrierte ich die immer wieder in mir auftauchende Frage, ob ich überhaupt eigene, VON MIR GEZEUGTE Kinder haben w o l l t e .

Reichlich sammelten sich in meinem Bewußtsein Pro- und Contra-Argumente an, die ich unbewußt permanent 'durchspielte' und gegeneinander abwog. Meine eigene Erziehung tauchte auf, der ganze Katalog zerstörter oder verhinderter Möglichkeiten, eine repressive, auch psychisch repressive Erziehung, die mich zeitweise fast zum seelischen 'Krüppel' hatte werden lassen - und viele andere Details, durch die sich alles immer mehr auf diese eine entscheidende Frage hin konzentrierte.

Im Grunde hatte ich die Entscheidung zwar längst gefällt, aber angesichts der Endgültigkeit einer Vasektomie nahm ich mir vor mich erst noch gründlicher zu informieren über für und wider, quasi um meinen Entschluß vor mir selbst besser abzusichern. Vor allem die Ungewißheit über Art und Schwierigkeit des operativen Eingriffes hielt mich noch zurück.

Wir diskutierten immer wieder darüber und Uli unterstützte meinen Entschluß grundsätzlich, überließ mir jedoch die endgültige Entscheidung. Ende 1975 hörten wir von Bekannten, denen gegenüber wir das Thema nebenbei angeschnitten hatten, von zwei verheirateten Männern, die sich hatten vasektomieren lassen - und nur Positives über ihren Schritt berichteten. Über diese Be-

SAG MAL, BIST DU ÜBERHAUPT STERILISIERT?

Zeichnung: Detlef Surrey

kannten erhielten wir schließlich auch den Namen des Urologen, der den Eingriff vorgenommen hatte.

Der Plan, den Eingriff vornehmen zu lassen, wurde konkreter mit der Spanne der Zeit, während der ich mit dem Vorhaben gedanklich konfrontiert war. Ich spürte jedoch undeutlich, ohne das sachlich begründen zu können, daß es nicht so sehr darauf ankam möglichst schnell zur Tat zu schreiten, sondern darauf den Moment abzuwarten, in dem die innere Haltung dazu eine endgültige war. (Reife Frucht fällt von selbst vom Baum...)

Heute weiß ich, auch aus vielen Berichten anderer vasektomierter Männer, w i e entscheidend dieses innere Ausreifen des Entschlusses für jeden einzelnen ist! Erst dann sollte man(n) den Weg zum Arzt antreten.

Im Mai 1976 suchte ich dann Dr. Maier, den hiesigen Facharzt für Urologie auf, der mir empfohlen worden war (7500 Karlsruhe, Karlstr. 29, Tel. 0721/27103), wurde in einem längeren Gespräch nochmals auf die Endgültigkeit des Eingriffs hingewiesen und befragt, welche Überlegungen mich zu diesem Vorhaben bewogen hätten....

Wohl aufgrund der Tatsache, daß wir "jung verheiratet" waren, noch gar keine Kinder hatten und ich erst knapp 25 Jahre alt war, bestand der Urologe darauf, auch mit Uli zu sprechen und selbst festzustellen, ob sie darüber informiert sei, daß der Eingriff nicht mehr rückgängig gemacht werden könne, - und wie sie überhaupt dazu stehe.

Das Ergebnis der insgesamt drei ausführlichen Gespräche hatte den Arzt offensichtlich zufriedengestellt, - trotzdem bestand er darauf, sich eine Bescheinigung unterschreiben zu lassen (von beiden), daß wir über alle wichtigen Fragen informiert worden seien.(Diese Erklärung muß der Urologe seiner Ärztekammer vorlegen, um nicht in den Verdacht zu kommen, "wilde Sterilisationen" auszuführen!). Das Honorar ließ er sich im voraus aushändigen - 250,-- DM - die ich aus der eigenen Tasche zu bezahlen hatte.

Am 10. Juni 1976 - einem praxisfreien Nachmittag/mittwochs - wurde der operative Eingriff vorgenommen, der normalerweise nur wenig über 10 Minuten dauert im Regelfalle. Da der Arzt jedoch - nach eigenen Aussagen - solche Eingriffe nur selten vornimmt, ließ er sich insgesamt etwa 45 Minuten Zeit dazu, ging sehr freundschaftlich und rücksichtsvoll vor, sodaß für mein Empfinden gar nicht erst die bedrückende oder beängstigende Atmosphäre einer Operation aufkommen konnte. Der Eingriff wurde sehr gewissenhaft und sauber ausgeführt.

Daß es dennoch nicht ganz schmerzfrei verlief, will ich nicht verhehlen, verstand sich aber für mich von selbst aufgrund der Exponiertheit des betroffenen Körperteiles. (Wenn ich dagegen allerdings die Tortur aufwiege, die eine Frau bei Abtreibungen, Geburt usw. auszuhalten hätte - dazugerechnet der nervende Zwang, evtl. über 30 Jahre hinweg die

Pille zu schlucken, - erscheint mir dieser Schmerz doch ziemlich lächerlich, den ich zu ertragen hatte!)

Etwas weich in den Knien, vor allem der ungewohnten Spritzen wegen, verließ ich etwa 1 Stunde später, die Praxis. Geschwächt zwar, aber auch gleichzeitig sehr erleichtert, fuhr per Straßenbahn nach Hause, die frisch genähten Hoden durch den Verband festgehalten, und legte mich erst mal aufs Ohr. Ich schlief wie ein Toter und wunderte mich am nächsten Morgen nicht schlecht, als ich mit einer Erektion aufwachte, die wir beide (wie ängstliche Kinder, bei denen ein böser Streich unerwartet doch noch gut ausgegangen ist!)ausgelassen begrüßten. Die Schwellung der Hoden, die durch die ungewohnte 'Behandlung' grün und blau waren, sah schlimmer aus als es der Fall war.

Am darauffolgenden Montag war ich zu ersten Visite beim Arzt einbestellt, die recht zufriedenstellend verlief. Der Verband wurde gewechselt, nachdem der Urologe eine normale Wundheilung festgestellt hatte. Wir waren alle drei mit seinem Werk zufrieden.

Nach 8 Tagen durfte ich erstmals wieder ein Bad nehmen (wobei sich die Fäden nach und nach von selbst auflösen!) nach 10 Tagen war die 2. Nachschau fällig, dann hatte ichs voll überstanden, der Verband kam weg.

Normalerweise werden 2 - 3 Wochen "Enthaltsamkeit" nach der Operation empfohlen, aber ich glaube es gibt wohl keinen, der solange auf seinen ersten "Test danach" wartet..

Ich habe den ganzen Ablauf und vor allem die Vorgeschichte, die zu meiner Entscheidung führte, bewußt so ausführlich geschildert, weil mir aus eigener Erfahrung klar geworden ist, wie wichtig es für jeden einzelnen ist genau zu wissen, WAS da abläuft und wie man die ganze Geschichte erlebt und empfindet!

Ich habe auch nicht, wie in der Einleitung schon betont, etwa vor, die Vasektomie zu verherrlichen oder in den heldenhaftesten Tönen meine "Leistung" zu besingen. Es ist sinnlos, nach erfolgtem eigenen Eingriff nun alle greifbaren männlichen Wesen zu diesem Schritt missionieren zu wollen oder gar zu überreden. Jeder muß sich selbst, aus seinen eigenen individuellen Überlegungen heraus, zu diesem Schritt entschließen - oder es lieber bleiben lassen!

Norbert Ney

GANZ SCHÖN GUT

Zeichnung: Angela Jansen

Ich verstehe
Diese Typen
Nicht
Die immer
Solche
Probleme
Haben

Eine Frau
Mit der
Ich
Mich gut
Unterhalten
Kann
Ist schwerer

Zu finden
Als eine
Für's
Bett.

Aber wenn
Wir uns
Erst
Einmal
Verstehen
Dann geht
Beides
Zwanglos

Und uns
Geht's
Ganz schön
Gut!

Bernd Ankenbauer

BEWUSSTSEIN – WAS IST DAS?

Bewußtsein —
was ist das?

Die Parteizugehörigkeit?
Keine Angst vor Schulden?
Ist es abstrakt?
konkret?
oder Angeberei?

Nur ein vielstrapazierter
Begriff ohne definitive
Bedeutung?

Bist du dir bewußt, daß du
nur einmal lebst?
Materie ohne Gott und
pipapo bist?

Dann sei Egoist
Denk an dich
Streb nach einer Jacht
und Tausend
nackten Gespielen
Knack eine Bank
Sei lebenslustig
Schmeiß das Geld
in die Bars,
tausend Rachen
sind aufgesperrt

Mach alles, was dir einfällt
Erfahre dich selbst
Fröne dem Schein
(und geh nicht vor die Hunde)
Enttäuschung, Borniertheit,
Selbstbetrug,
„Das Leben“
lernst du kennen

Durch Denken und mit guten Lehrern
hättest du ’s „errechnen“ können

Marx lesen
Engels nachempfinden
Lenin verstehen

Abnabeln von den Strohpuppen des Kapitals
Sich auf die eigene Ehrlichkeit besinnen
Den Idealismus nüchtern formen
Kämpfen wollen. Hoffnung haben
Dem Genossen argwöhnisch vertrauen
bis ihr beide Genossen seid
Sich (trotz alledem) des Lebens freuen
Den Sozialismus
in den Adern fließen spüren
Mensch sein -
Materie mit Bewußtsein

Hans Dieter Hesse

DEGENERIERT

Entschuldige -
aber ich denke!
Verzeihe -
denn ich fühle!

Ich denke,
daß ich fühle,
ich liebe.

Karl Gerlinger

NACH OBERFLÄCHLICHEM GENUSS AUF DEN ABFALLHAUFEN DER GEFÜHLE?

Gespräche über Beziehungen im allgemeinen und besonderen sind heute unter vielen Linken Hauptgegenstand politischer Praxis. Was verwundert ist die Tatsache, daß nicht auf Ziele hindiskutiert sondern Ziele als Ausgangspunkt genommen werden. So gilt die Institution der Familie ebenso wie die Institution der traditionellen Zweierbeziehung schon allein dadurch als überwunden, daß „der Tod der Familie", daß das Ende der Zweierkisten" per Beschluß schon feststeht. Nun mag es in der Tat sein, daß dagegengesetzte neue Lebensformen wie Mehrfachbeziehungen, offene Zweierbeziehungen, Wohngemeinschaften per Zieldefinition neue Qualitäten schaffen, doch wer kann ausschliessen, daß Familienstrukturen sich auf Wohngemeinschaften übertragen, ist es undenkbar, daß sich Zwangscharaktere, Repressionsmechanismen traditioneller Paarbeziehungen in Mehrfachbeziehungen nur multipliziert wiederfinden? Einfach ist es nicht. Die Wirklichkeit richtet sich selten nach verbalen Kraftmeiereien. Was so lebendig ist wie Familie und Paarbeziehungsmuster - auch wenn es sich um Altes im neuen Gewand handelt - kann noch garnicht überwunden sein. Unstrittig ist der Wunsch wohl aller Linken, sonst sind sie keine, Überordnung und Unterordnung abzubauen, auch und gerade im zwischenmenschlichen Bereich. Kontrovers diskutiert wird hingegen der Weg zu neuen Gesellschaftsformen. Jeder Ausbruchsversuch aus politischen und persönlichen Zwangsverhältnissen ist ein emanzipativer Schritt, der jedoch trotz richtiger Intension zum entgegengesetzten Ziel führen kann: Wenn beim gegenwärtigen Stand der Klassenauseinandersetzungen, in denen linke Positionen kaum durchsetzungsfähig sind, mit Strategien gearbeitet wird, die bereits überwundene Kapitalverhältnisse voraussetzen - die Befreiung des Ichs ohne gesellschaftlichen Interessenskampf - dann werden durch diese Entpolitisierung herrschende Verhältnisse eher gekittet statt zerschlagen. So muß sich der Teil der Linken, dem heute das ICH alles und die sozialen Kämpfe um ihn herum nichts bedeuten, fragen lassen, ob er nicht weiß - oder garnicht wissen will - wem er damit dient. Ob eine wünschenswerte Zwischenlösung nicht unversehens auf eine "Endlösung" im negativen Sinne hinausläuft.

Im Verlauf der Studentenbewegung rebellierte das Bildungsbürgertum gegen das politische System. Dieser politische Kampf setzte eine Rebellion der Sinne in Gang - die bürgerlichen Medien nennen es sexuelle Revolution - die zu einer Ausweitung von Freiräumen auch im zwischenmenschlichen Bereich führte, Ergebnisse eines POLITISCHEN Kampfes. Gleichzeitig präsentierte das System den Preis für diese Liberalisierung.Der erkämpfte sexuelle Freiraum mußte mit der Vermarktung der gesamten Sexualität durch die Pornoindustrie bezahlt werden.Das konnte so reibungslos gelingen, weil die Porno - Papier-und Zelluloidprodukte auf tatsächlich vorhandene, aber unterdrückte Bedürfnisse nach Abbau von Triebunterdrückung trafen und diese Bedürfnisse zum Teil - über den Konsum - ersatzbefriedigen konnten. Eine scheinbare Befreiung, die eine subtilere Knebelung bewirkte! Der Konsument bleibt weiter behandeltes Subjekt, wird selten zum handelnden Objekt und muß für diesen Bluff auch noch einen erheblichen Anteil seines Lohnes hinblättern.Sex wird gekauft, angeguckt,aber bis auf die ersten Erregungsphasen, kaum mehr "gemacht".

Gleichzeitig regen die Überzeichnungen durch Pornoprodukte die Phantasitätigkeit der Menschen an. Traumweltproduktionen erzeugen Bedürfnisse die der Gestaltung qualitativ anspruchsvoller, und politisch vertretbarer Sexualität völlig entgegenstehen. Sexualität wird in der Regel auf Genitalakte reduziert, die Rolle der Frau als „Lustobjekt" weiter verfestigt, sexuelle Erfüllung gleichgesetzt mit „Nummernrekorden". An diesem Beispiel wird für mich deutlich, daß Freiraum nicht Freiraum ist, daß es darauf ankommt, wie er genutzt wird.

Heute leben viele Menschen, die einkommens- oder bildungsprivilegiert sind - ich gehöre auch dazu - anders. Frauen leben mit Frauen, Männer haben sexuelle Beziehungen zu Männern, Frauen schlafen mit vielen Männern - es muß nicht mehr nur einer fürs ganze Leben sein - Erwachsene entdecken ihre sexuellen Bedürfnisse Kindern gegenüber. Allein daß es getan wird, reicht m.E. nicht aus. Ich halte es für politisch falsch, die Beziehungsdiskussion so inflationär zu betreiben, daß für konkret politische Arbeit kaum Zeit bleiben kann. Das erlebe ich leider oft gerade von sich politisch verstehenden Menschen, mit einer Rigorosität und Absolutheit vorgetragen, daß es bedenklich stimmt.Ich dachte, eine Sache, die unter politisch reifen Menschen selbstverständliche Praxis ist, müßte nicht immer vorgezeigt werden.Wovon im Wesentlichen zu reden ist, was leider in solchen Kreisen oft völlig herausfällt, sind die täglichen politischen Kämpfe, ist die Verschärfung der Klassenauseinandersetzungen. Ab und an werde ich gefragt, ob ich spinne, wenn ich verstärkt auf Schärfe und Kampfzustand hinweise. Dabei gehe ich natürlich davon aus, daß die Kämpfe LEIDER fast ausschließlich von der Gegenseite geführt werden.

Welche Beziehungsform ich nun wähle, Zweierbeziehung, Mehrfachbeziehung, ob ich als ‚Single' lebe, ob Qualitätsverbesserungen herausspringen hängt im besonderen von der Situation der Betroffenen, im Allgemeinen vom Zustand der Produktionsverhältnisse ab. Egalitäre, ausbeutungsfreie, besitzanspruchslose Beziehungen kann es in einer Zeit, in der die Arbeitsteilung rasant voranschreitet, nicht geben. Rigidere Produktionsweisen geben das Maß an Gestaltungs- und Entfaltungsmöglichkeiten in zwischenmenschlichen Beziehungen vor. Sie bestimmen das WIE der darin begründeten Verkehrsformen. Wie will ich die Qualität meiner Beziehungen verbessern, wie kann es mir gelingen, Machtsucht, Eifersucht, Besitzsucht, Geltungssucht, Zuwendungssucht abzubauen, ohne den Kampf um Veränderung der Besitzverhältnissen an Produktionsmitteln zu führen, da letztlich die Frage der Besitzverhältnisse die Gestaltung der Produktionsverhältnisse - und ergo der zwischenmenschlichen Beziehung bestimmt? Die Tendenz vieler Linker, für die eigene Strategie Allgemeingültigkeit zu beanspruchen - übrigens auch ein Dilemma typisch deutscher Mentalität - ist ein gravierender Fehler. Was spricht dagegen für eine gerechte Einkommensverteilung einzutreten, gleichzeitig für die Gleichstellung der Frau und für Chancengleichheit zu kämpfen.Wobei die Forderung - gleicher Lohn für alle - Einführung der 30-Stunden-Woche vereinbar ist mit dem Drängen auf Ausweitung der persönlichen Emanzipation.Allem liegt die gleiche Wertidee zugrunde - die Gleichheit - trotzdem stehen die einzelnen "Linien" gegeneinander, grenzen sich ab - und aus!

Es hat fatale Folgen Einzelerfahrungen zu verallgemeinern. Zu schnell werden Erfahrungen simpel übertragen, wo die Besonderheit der Erfahrung aus der besonderen Situation resultiert. Nicht jede Zweierbeziehung muß repressiv, ankettend, ausbeuterisch sein. Die Zwangsgemeinschaft kann dadurch aufgehoben sein, daß Partner sich Außenkontakte zugestehen, sich nicht mehr über Reaktionen des Gegenübers definieren abhängig machen. Damit sind Verlustängste, Besitzansprüche, noch lange nicht vom Tisch. Sie kommen aber AUF den Tisch und hindern den Partner nicht daran zu handeln. Mein Problem bleibt erstmal meins, kann nicht übertragen werden, die Durchsetzung eigener Interessen über die Produktion von „schlechtem Gewissen " beim Partner fällt schwerer.

Auf den ersten Blick bieten Mehrfachbeziehungen größere individuelle Freiräume. Wenn die Voraussetzungen der Beteiligten ideal sind, kann sich hier ein positives Lernfeld zur Demokratisierung gesellschaftlicher Strukturen entwickeln durch den Aufbruch verhärteter Binnenstrukturen. In der Regel ist es jedoch so, daß z.B. Dreierbeziehungen zwei Zweierbeziehungen sind, an denen sich drei Menschen beteiligen, der Dritte nicht aus positiver Zustimmung eindringen kann, sondern von einem Partner nur geduldet wird, weil dieser sonst jeglichen Zugang zu seinem Wunschpartner verliert. Die Konkurrenzverhältnisse sind nicht weg- in den seltensten Fällen wird die Dreierbeziehung als Lebensperspektive gesehen, sie dient eher als Zwischenlösung. Wer die stärksten Nerven hat, bleibt am Ball. Wenn es sich um eine solche Beziehungsart handelt, kommt kaum ein MEHR an Zwischenmenschlicher Qualität heraus, im Gegenteil, Zweierbeziehungskonflikte werden nur potenziert. Bei Mehrfachbeziehungen, z.B. Beziehungen im Arbeitsbereich zusätzlich zu „festen Beziehungen" muß man über sehr viel Zeit, sehr

Zeichnung: Wolfgang Rügner

viel Geld verfügen, um sich mit der notwendigen Intensität entstehenden Konflikten widmen zu können, damit kein Drama entsteht. Wer kann sich das leisten? Wie schwierig das heutzutage ist, kann man vielleicht daran sehen, daß es kaum noch gelingt, eine ganz normale Zweierbeziehung anspruchsgerecht über die Bühne zu bringen.

Ganz entschieden wehre ich mich gegen Patentrezepte. Schon garnicht löse ich meine Beziehungsprobleme, indem ich beim ersten Krach, oder regelmäßig nach einem bestimmten Zeitraum den Partner austausche. Das beseitigt zwangsläufig keine Verhaltensprobleme - ebensowenig wie ich meine Angst vor dem Telefonieren dadurch überwinde, daß ich das Telefon zum Fenster hinauswerfe. Überhaupt kein Fortschritt ist für mich die „Norm" innerhalb eines großen Bekanntenkreises solange die Partner weiterzureichen, bis jeder mit jeder zusammen war, ohne daß sie jemals die Chance hatten, sich kennenzulernen. Was da an „Lockerkeit" an „Offenheit" „Toleranz" und ähnlichem Mist geschwätzt wird, dokumentiert nichts anders als Bindungsunfähigkeit, Kontinuitätsmängel, asoziales emotionales Schmarotzertum. Im „bürgerlichen" Sprachgebrauch spricht man in solchen Fällen von Promiskuität. Und es ist kein Problem ob bürgerliches Etikett oder nicht, es ist einfach Scheiße.

Zur Diskussion stehn für mich folgende Fragen: Wie kann ich in einer Überflußgesellschaft mit ihrer Wegwerfideologie mit Menschen zusammenleben, ohne sie einerseits zu vereinnahmen, zu besitzen, und ohne sie andererseits wie Einwegflaschen zu benutzen: Nach kurzem, oberflächlichem Genuß auf den Abfallhaufen der Gefühle. Auch in einem asozialen Staatswesen gibt es für mich soziale Verantwortung: Für von mir Betroffene als Person und als Teil einer Klasse. Mein Freiheitszuwachs darf nur ein weniger an Freiheit für den Klassengegner bedeuten, nicht Unfreiheit meiner positiven Bezugspersonen.Gerade im Beziehungsbereich will ich der Ideologie des Systems, dem grenzenlosen Wachstum nicht aufsitzen und Umsatzrekorde aufstellen. Damit saniere ich auf Kosten anderer die eigene angeschlagene psychische Struktur.

Als Linker kommen auf mich Rechte und Pflichten zu. Andere natürlich als bei Rechten. Es bringt nichts und geht nicht an, nur die einen zu genießen und die anderen zu mißachten. Wenn mein Engagement mehr als nur eine bürgerliche Spielform bleiben soll, dann kann ich politische Forderungen nicht einfach wieder vergessen, wenns schwierig wird.

Und schwierig ist die gesellschaftliche Situation zur Zeit für Linke. Man versucht uns vom Weg abzubringen. Im Propagandakatalog sind viele politische Modewellen, Scheinalternativen, die uns von Normen und Idealen abbringen sollen, von denen aus erst Veränderung möglich ist. Das heißt für mich Verzicht auf den Durchsetzungsversuch partikularer Interessen, z.B.absuluter ICH - Interessen,ohne nun darauf zu verzichten, die sich im persönlichen Bereich ausdrückenden gesellschaftlichen Herrschaftsstrukturen anzugehen.So kann ich mithelfen, daß es für JEDEN Menschen die Möglichkeit geben kann, eine Persönlichkeit zu werden, die fähig ist, tatsächlich qualitativ andere Bedürfnisse zu haben und diese auch quantitativ ohne Benachteiligung anderer zu genießen.

Willi Hau

TAGEBUCH-NOTIZEN

*Bei Lust und Laune einsenden an den az - Verlag ? *

TAGEBUCH-NOTIZEN

***Bei Lust und Laune einsenden an den az - Verlag ? ***

TAGEBUCH-NOTIZEN

*Bei Lust und Laune einsenden an den az - Verlag ? *

TAGEBUCH-NOTIZEN

*Bei Lust und Laune einsenden an den az - Verlag ? *
Schleusenstraße 17, 6 Frankfurt/Main 1, 0611/ 25 37 84